G. V. Plekhanov 像

科學的藝術論叢書

1

藝術論

蒲力汗諾夫著

魯迅譯

光華書局

序言

一

蒲力汗諾夫（George Valentinovitch Plekhanov）以一八五七年，生于坦木嶓夫省的一個貴族的家裏。自他出世以至成年之間，在俄國革命運動史上，正是智識階級所提倡的民衆主義自興盛以至凋落的時候。他們當初的意見，以爲俄國的民衆，卽大多數的農民，是已經領會了社會主義，在精神上，成着不自覺的社會主義者的，所以民衆主義者的使命，只在「到民間去」，向他們說明那境遇，善導他們對于地主和官吏的嫌惛，則農民便將自行蹶起，實現出自由的自治制，卽無政府主義底社會的組織。

但農民却幾乎並不傾聽民衆主義者的鼓動，倒是對於這些進步的貴族的子弟，懷抱着不滿。皇帝亞歷山大二世的政府，則於他們臨以嚴峻的刑罰，終使其中的一部分，將眼光從農民離開，來效法西歐先進國，爲有產者所享有的一切權利而爭鬬了。於是從「土地與自由黨」分裂爲「民意黨」，從事於政治底鬥爭，但那手段，却非一般底社會運動，而是單獨和政府相鬥爭，盡全力於恐怖手段——暗殺。

靑年的蒲力汗諾夫，也大概在這樣的社會思潮之下，開始他革命底活動的。但當分裂時，尙復固守農民社會主義的根本底見解，反對恐怖主義，反對獲得政治底公民底自由，別組「均田黨」，惟屬望於農民的叛亂。然而他已懷獨見，以爲智識階級獨鬥政府，革命殊難於成功，農民冏多社會主義底傾向，而勞動者亦殊重要。他在那『革命運動上的俄羅斯工人』中說，工人者，是偶然來到都會，現於工廠的農民。要輸社會主義入農村中，這農民工人便是最適宜的媒介者。因爲農民相信他們工人的話，是在智識階級之上的。

事實也並不很遠於他的豫料。一八八一年恐怖主義者竭全力所實行的亞歷山大二世的暗殺，民衆未嘗蹶起，公民也不得自由，結果是有力的指導者或死或囚，「民意黨」殆瀕於消滅。連不屬此黨而傾向工人的社會主義的蒲力汗諾夫等，也終被政府所壓迫，不得不逃亡國外了。

他在這時候，遂和西歐的勞動運動相親，遂開始研究馬克斯的著作。馬克斯之名，俄國是早經知道的；『資本論』第一卷，也比別國早有譯本；許多『民意黨』的人們，還和他個人底地相知，通信。然而他們所竭盡尊敬的馬克斯的思想，在他們却僅是純粹的『理論』，以爲和俄國的現實不相合，和俄人並無關係的東西，因爲在俄國沒有資本主義，俄國的社會主義，將不發生於工廠而出於農村的緣故。但蒲力汗諾夫是當回憶在彼得堡的勞動運動之際，就發生了關於農村的疑惑的，由原書而精通馬克斯主義文獻，又增加了這疑惑。他於是蒐集當時所有的統計底材料，用眞正的馬克斯主義底方法，來研究牠，終至確信了資本主義實在君臨着俄國。一八八四年，他發表叫作『我們的對立』的書，就是指摘民衆主義的錯誤，證明馬克斯主義的正當的名作。在俄他在這書裏，卽指示着作爲大衆的農民，現今已不能作社會主義的支柱。在俄國，那時都會工業正在發達，資本主義制度已在形成了。必然底地隨此而起者，是資本主義之敵，就是絕滅資本主義的無產者。所以在俄國也如在西歐一樣，無產者是對於政治底改造的最有意味的階級。從那境遇上說，對於堅執而有組織的革命，也比別的階級有更大的才能，而且作爲將來的俄國革命的射擊兵，也是最爲適當的階級。

自此以來，蒲力汗諾夫不但本身成了偉大的思想家，並且也作了俄國的馬克斯主義者的先驅和覺醒了的勞動者的教師和指導者了。

二

但蒲力汗諾夫對於無產階級的殊勳，最多是在所發表的理論的文字，他本身的政治底意見，却不免常有動搖的。

一八八九年，社會主義者開第一回國際會議於巴黎，蒲力汗諾夫在會上說，『俄國的革命運動，只有靠着勞動者的運動纔能勝利，此外並無解决之道』的時候，是連歐洲有名的許多社會主義者們，也完全反對這話的，但不久，他的業績顯現出來了。文字方面，則有『歷史上的一元底觀察的發展』（或簡稱『史底一元論』），出版於一八九五年，從哲學底領域方面，和民衆主義者戰鬥，以擁護唯物論，而馬克斯主義的全世代，也就受教於此，藉此理解戰鬥底唯物論的根基。後來的學者，自然也嘗加以指摘的批評，但什維諾夫却說，『倒不如將這大可注目的書籍，向新時代的人們來說明，來講解，實爲更好的工作』云。次年，在事實方面，則因他的弟子們和民衆主義者鬥爭的結果，終使紡紗廠的勞動者三萬人的大同盟罷工，勃發於彼得堡，給俄國的歷史劃了新時期，俄國無產階級的革命底價值，始爲大家所認識，那時開在倫敦的社會主義者的第四回國際會議，也對此大加驚歎，歡迎了。

然而蒲力汗諾夫究竟是理論家。十九世紀末，列寧纔開始活動，也比他年青，而兩人之間，就自然而然地行了未嘗商量的分業。他所擅長的是理論方面，對於敵人，便擔當了哲學底論戰。列寧却從最先的著作以來，卽專心於社會政治底問題，黨和勞動階級的組織的。他們這時的以輔車相依的形態，所編輯發行的報章，是 Iskra（火花），撰者們中，雖然頗有不純的分子，但在當時，却盡了重大的職務，使勞動者和革命者的或一層因此而奮起，使民衆主義派智識者發生了動搖。

尤其重要的是那文字底和實際底活動。當時（一九〇〇年至一九〇一年），革命家是都慣於藏身在自己的小圈子中，不明白全國底展望的，他們不悟到靠着全國底展望，纔能有所達成，也沒有準確的計算，也不想到須用多大的勢力，纔能得怎樣的成果。在這樣的時代，要試行中央集權底黨，統一全無產階級的全俄底政治組織的觀念，是新異而且難行的。『火花』却不獨在論說上申明這觀念，還組織了『火花』的團體，有當時錚錚的革命家一百人至一百五十人的『火花』派，加在這團體中，以實行蒲力汗諾夫在報章上用文字底形式所展開的計劃。

但到一九〇三年，俄國的馬克斯主義者分裂爲布爾塞維克（多數派）和門塞維克（少數派）了，列寧是前者的指導者，蒲力汗諾夫則是後者。從此兩人卽時離時合，如一九〇四年日俄戰爭時的希望俄皇戰敗，一九〇七至一九〇九年的黨的受難時代，他皆和列寧同心。尤其是後一時，布爾塞維克的勢力的大部分，已經不得不逃亡國外，到處是墮落，到處有奸細，大家互相注目，互相害怕，互相猜疑了。在文學上，則淫蕩文學盛行，『賽寧』卽在這時出現。這情緒且侵入一切革命底圈子中。黨員四散，化爲個個小團體，門塞維克的淸算派，已經給布爾塞維克唱起輓歌來了。這時大聲叱咤，說淸算主義應該擊破，以支持布爾塞維克的，却是身爲門塞維克的權威的蒲力汗諾夫，且在各種報章上，國會中，加以勇敢的援助。於是門塞維克的別派，便嘲笑『他垂老而成了地下室的歌人」。

企圖革命的復興，從新組織的報章，是一九一〇年開始印行的 Zvezda（星），蒲力汗諾夫和列寧，都從國外投稿，所以是兩派合作的機關報，勢不能十分明示政治上的方針。但當這報章和政治運動關係加緊之際，就漸漸失去提攜的性質，蒲力汗諾夫的一派終於完全匿迹，報章盡成爲布爾塞維克的戰鬥底機關了。一九一二年，兩派又合辦日報 Pravda（眞理），而當事件展開時，蒲力汗諾夫派又於極短時期中悉被排除，和在 Zvezda 那時走了同一的運道。

殆歐洲大戰起，蒲力汗諾夫遂以德意志帝國主義爲歐洲文明和勞動階級的最危險的仇敵，和第二國際的指導者們一樣，站在愛國的見地上，爲了和最可憎惡的德國戰鬪，竟不惜和本國的資產階級和政府相提攜，相妥協了。一九一七年二月革命後，他回到本國，組織了一個社會主義底愛國者的團體，曰「協同」。然而在俄國的無產階級之父蒲力汗諾夫的革命底感覺，這時已經沒有了打動俄國勞動者的力量，布勒斯特的媾和後，他幾乎全爲勞農俄國所忘却，終在一九一八年五月三十日，孤獨地死於那時正被德軍所占領的芬蘭了。相傳他臨終的譫語中，曾有疑問云：『勞動者階級可覺察着我的活動呢？』

三

他死後，Inprekol（第八年第五十四號）上有一篇『G・V・蒲力汗諾夫和無產階級運動』，簡括地評論了他一生的功過——

『……其實，蒲力汗諾夫是應該懷這樣的疑問的。爲什麽呢，因爲年少的勞動者階級，對他所知道的，是作爲愛國社會主義者，作爲門塞維克黨員，作爲帝國主義的追隨者，作爲主張革命底勞動者和在俄國的資產階級的指導者密柳珂夫互相妥協的人。因爲勞動者階級的路和蒲力汗諾夫的路，是決然地離開的了。

然而，我們毫不遲疑，將蒲力汗諾夫算進俄國勞動者階級的，不，國際勞動者階級的最大的恩師們裏面去。

怎麽可以這樣說呢？當決定底的階級戰的時候，蒲力汗諾夫不是在防線的那面的麽？是的，確是如此。然而他在這些決定戰的很以前的活動，他的理論上的諸勞作，在蒲力汗諾夫的遺產中，是成着貴重的東西的。

惟爲了正確的階級底世界觀而戰的鬬爭，在階級戰的諸形態中，是最爲重要的之一。蒲力汗諾夫由那理論上的諸勞作，亙幾世代，養成了許多勞動者革命家們。他又藉此在俄國勞動者階級的政治底自主上，盡了出色的職務。

蒲力汗諾夫的偉大的功績，首先，是對於民意黨，卽在前世紀的七十年代，相信着俄國的發達，是走着一種特別的，就是，非資本主義底的路的那些知識階級的一夥的他的鬬爭。那七十年代以後的數十年中，在俄國的資本主義的堂堂的發展情形，是怎樣地表示了民意黨人中的見解之誤，而蒲力汗諸夫的見解之對呵。

一八八四年由蒲力汗諸夫所編成的「以勞動解放爲目的的」團體（勞動者解放團）的綱領，正是在俄國的勞動者黨的最初的宣言，而且也是對於一八七八年至七九年勞動者之動搖的直接的解答。

他說着——

「惟有竭力迅速地形成一個勞動者黨，在解決現今在俄國的經濟底的，以及政治底的一切的矛盾上，是惟一的手段。」

一八八九年，蒲力汗諸夫在開在巴黎的國際社會主義黨大會上，說道——

「在俄國的革命底運動，只有靠着革命底勞動者運動，纔能得到勝利。我們此外並無解決之道，且也不會有的。」

這，蒲力汗諾夫的有名的話，決不是偶然的。蒲力汗諾夫以那偉大的天才，擁護這在市民底民衆主義的革命中的無產階級的主權，至數十年之久，而同時也發表了自由主義底有產者在和帝制的鬬爭中，竟懦怯地成爲奸細，化爲游移之至的東西的思想了。

蒲力汗諾夫和列寧一同，是「火花」的創辦指導者。關於爲了創立在俄國的政黨底組織體而戰的鬬爭，「火花」所盡的偉大的組織上的任務，是廣大地爲人們所知道的。

從一九〇三年至一九一七年的蒲力汗諾夫，生了幾回大動搖，倒是總和革命底的馬克斯主義違反，並且走向門塞維克去了。惹起他違反革命底的馬克斯主義的諸問題，大抵是甚麼呢？

首先，是對於農民層的革命底的可能力的過少評價。蒲力汗諾夫在對於民意黨人的有害方面的鬬爭中，竟看不見農民層的種種革命底的努力了。

其次，是國家的問題。他沒有理解市民底民衆主義的本質。就是他沒有理解無論如何，有粉碎資產階級的國家機關的必要。

最後，是他沒有理解那作爲資本主義的最後階段的帝國主義的問題，以及帝國主義戰爭的性質的問題。

要而言之，——蒲力汗諾夫是於列寧的強處，有着弱處的。他不能成爲「在帝國主義和無產階級革命時代的馬克斯主義者」。所以他之爲馬克斯主義者，也就全體到了收場。蒲力汗諾夫於是一步一步，如羅若·盧森堡之所說，成爲一個「可尊敬的化石」了。

在俄國的馬克斯主義建設者蒲力汗諾夫，決不僅是馬克斯和恩格勒的經濟學，歷史學，以及哲學的單單的媒介者。他涉及這些全領域，貢獻了出色的獨自的勞作。使俄國的勞動者和智識階級，確實明白馬克斯主義是人類思索的全史的最高的科學底完成，蒲力汗諾夫是與有力量的。惟蒲力汗諾夫的種種理論上的研究，在他的觀念形態的遺產裏，無疑地是最爲貴重的東西。列寧曾經正當地勸青年們去研究蒲力汗諾夫的書。——「倘不研究這個（蒲力汗諾夫的關於哲學的敍述），就誰也決不會是意識底的，眞實的共產主義者的。因爲這是在國際底的一切馬克斯主義文獻中，是最爲傑出之作的緣故。」——列寧說。

四

蒲力汗諾夫也給馬克斯主義藝術理論放下了基礎。他的藝術論雖然還未能儼然成一個體系，但所遺留的含有方法和成果的著作，却不只作爲後人研究的對象，也不愧稱爲建立馬克斯主義藝術理論，社會學底美學的古典底文獻的了。

這里的三篇信札體的論文，便是他的這類著作的隻鱗片甲。

第一篇『論藝術』首先提出『藝術是什麽』的問題，補正了託爾斯泰的定義，將藝術的特質，斷定爲感情和思想的具體底形象底表現。於是進而申明藝術也是社會現象，所以觀察之際，也必用唯物史觀的立場，幷於和這違異的唯心史觀(St. Simon, Comte, Hegel) 加以批評，而紹介又和這些相對的關於生物的美底趣味的達爾文的唯物論底見解。他在這里假設了反對者的主張由生物學來探美感的起源的提議，就引用達爾文本身的話，說明『美的概念，……在種種的人類種族中，很有種種，連在同一人種的各國民裏，也會不同。」這意思，就是說，「在文明人，這樣的感覺，是和各種複雜的觀念以及思想的連鎖結合着。」也就是說，『文明人的美的感覺，……分明是就為各種社會底原因所限定』了。

於是就須「從生物學到社會學去」，須從達爾文的領域的那將人類作為『物種』的研究，到這物種的歷史底運命的研究去。倘只就藝術而言，則是人類的美底感情的存在的可能性（種的概念），是被那為牠移向現實的條件（歷史底概念）所提高的。這條件，自然便是該社會的生產力的發展階段。但蒲力汗諾夫在這里，却將這作為重要的藝術生產的問題，解明了生產力和生產關係的矛盾以及階級間的矛盾，以怎樣的形式，作用於藝術上；而站在該生產關係上的社會的藝術，又怎樣地取了各別的形態，和別社會的藝術顯出不同。就用了達爾文的『對立的根原的作用』這句話，博引例子，以說明社會底條件之關與於美底感情的形式；並及社會的生產技術和韻律，諧調，均整法則之相關；且又批評了近代法蘭西藝術論的發展(Staël, Guizot, Taine)。

生產技術和生活方法，最密接地反映於藝術現象上者，是在原始民族的時候。蒲力汗諾夫就想由解明這樣的原始民族的藝術，來擔當馬克斯主義藝術論中的難題。第二篇『原始民族的藝術』先據人類學者，旅行家等實見之談，從薄墟曼，韋陀，印地安以及別的民族引了他們的生活，狩獵，農耕，分配財貨這些事爲例子，以證原始狩獵民族實爲共產主義底結合，且以見畢海爾所說之不足憑。第三篇『再論原始民族的藝術』則批判主張游戲本能，先於勞動的人們之誤，且用豐富的實證和嚴正的論理，以究明有用對象的生產(勞動)，先於藝術生產這一個唯物史觀的根本底命題。詳言之，卽蒲力汗諾夫之所究明，是社會人之看事物和現象，最初是從功利底觀點的，到後來纔移到審美底觀點去。在一切人類所以爲美的東西，就是于他有用——於爲了生存而和自然以及別的社會人生的鬬爭上有着意義的東西。功用由理性而被認識，但美則憑直感底能力而被認識。享樂着美的時候，雖然幾乎並不想到功用，但可由科學底分析而被發見。所以美底享樂的特殊性，卽在那直接性，然而美底愉樂的根柢裏，倘不伏着功用，那事物也就不見得美了。並非人爲美而存在，乃是美爲人而存在的。——這結論，便是蒲力汗諾夫將唯心史觀者所深惡痛絕的社會，種族，階級的功利主義底見解，引入藝術裏去了。

看第三篇的收梢，則蒲力汗諾夫豫備繼此討論的，是人種學上的舊式的分類，是否合於實際。但竟沒有作，這里也只好就此算作完結了。

五

這書所據的本子，是日本外村史郎的譯本。在先已有林柏先生的翻譯，本也可以不必再譯了，但因爲叢書的目錄早經決定，只得仍來做這一番很近徒勞的工夫。當翻譯之際，也常常參考林譯的書，採用了些比日譯更好的名詞，有時句法也大約受些影響，而且前車可鑒，使我屢免於誤譯，這是應當十分感謝的。

序言的四節中，除第三節全出於翻譯外，其餘是雜採什維諾夫的『露西亞社會民主勞動黨史』，山內封介的『露西亞革命運動史』和『普羅列泰利亞藝術教程』餘錄中的『蒲力汗諾夫和藝術』而就的。臨時急就，錯誤必所不免，只能算一個粗略的導言。至於最緊要的關於藝術全般，在此却未曾涉及者，因爲在先已有瓦勒夫松的『蒲力汗諾夫與藝術問題』，附印在『蘇俄的文藝論戰』（未名叢刊之一）之後，不久又將有列什涅夫『文藝批評論』和I・雅各武萊夫的『蒲力汗諾夫論』（皆是本叢書之一）出版，或則簡明，或則浩博，決非譯者所能企及其萬一，所以不如不說，希望讀者自去研究他們的文章。

最末這一篇，是譯自藏原惟人所譯的『階級社會的藝術』，曾在『春潮月刊』上登載過的。其中有蒲力汗諾夫自敍對於文藝的見解，可作本書第一篇的互證，便也附在卷尾了。

但自省譯文，這回也還是『硬譯』，能力只此，仍須讀者伸指來尋線索，如讀地圖：這實在是非常抱歉的。

一九三〇年五月八日之夜，魯迅校畢記於上海閘北寓廬。

內容

論藝術……………………一
原始民族的藝術……………………九一
再論原始民族的藝術……………………一三五
論文集『二十年間』第三版序……………………一八七

論藝術

敬愛的先生！

我想和你談一談藝術。但在一切多少有些精確的研究上，無論那對象是什麼，依據着嚴密地下了定義的術語的事，是必要的。所以，我們首先應該說，我們究竟是將怎樣的概念，連結於藝術這個名詞的。別一面，對象的多少有些滿足的定義，無疑地是只在那研究的結果上，纔能夠顯現。到底，就成為我們非將我們還未能下定義的東西，給以定義不可了。怎樣辦纔可以脫掉這矛盾呢？我以為這樣一辦，就可以脫掉。就是，我姑且在一種暫時底的定義上站住，其次跟着問題的由研究而得分明，再將這加以補足，訂正。

那麽，我姑且站住在怎樣的定義上，纔好呢？

萊夫·託爾斯泰在所著的『藝術是什麽？』裏面，引用着許多他以爲互相矛盾的藝術的定義，而且將這些一切，看作不滿足的東西。其實，由他所引用着的各定義，是未必如此互相懸殊，也並不惟獨他却覺得那樣，如此錯誤的。但是，這些一切，且作爲非常不行罷，我們並且來看一看，可能採用他自己的藝術的定義罷。

『藝術者，——他說，——是人們之間的交通的一個手段……。這交通，和憑言語的交通不同的特殊性，是在憑言語，是人將自己的思想（我的旁點）傳給別人，而用藝術，則人們互相傳遞自己的感情（也是我的旁點）。』

從我這面，我姑且單提明一件事罷。

據託爾斯泰伯的意見，則藝術是表現人們的感情，言語是表現他們的思想的。這並不對。言語之於人們，不但為了單是表現他們的思想有用，一樣地為了表現他們的感情，也是有用的。作為這的證據，就有着用言語為那機關的詩歌。

託爾斯泰伯自己這樣說——

『在自己的內部，喚起曾經經驗的感情；而且將這在自己的內部裏喚起了之後，借着被表現於運動，線，色彩，言語的形象，將這感情傳遞，給別的人們也能經驗和這相同的感情，——而藝術活動卽於是成立。』（註一）在這裏，就已經明明白白，不能將言語看作特異的，和藝術是別種的人們之間的交通手段了。

（註一）託爾斯泰伯的著作集。最近的作品。墨斯科，一八九八年，七八頁。

說藝術只表現人們的感情，也一樣地不對的。不，這也表現他們的感情，也表現他們的思想，然而並非抽象底地，却借了靈活的形象而表現。藝術的最主要的特質就在此。據托爾斯泰的意見，則『藝術者，始於人以傳自己所經驗過的感情於別的人們的目的，再將這在自己的內部喚起，而用一定的外底記號，加以表現的時候。』（註一）但我想，藝術，是始於人將在圍繞着他的現實的影響之下，他所經驗了的感情和思想，再在自己的內部喚起，而對於這些，給以一定的形象底表現的時候的。很多的時地，人以將他所重複想起或重複感到的東西，傳給別的人們的目的，而從事於此，是自明的事。藝術，是社會現象。

（註一）上揭書，七七頁。

托爾斯泰伯所下的藝術的定義之中，我所想要變更的，此刻已盡於上述的訂正了。

但是，我希望你注意於『戰爭與平和』的著者的，還有如次的思想——

『在一切時代以及一切人類社會，常有這社會的人們所共通的，什麼是善和什麼是惡的這一種宗教意識存在，而惟這宗教意識，乃是決定由藝術所傳達的感情的價值的。』（註一）

（註一）　上揭書，八五頁。

我們的研究，從中，應該將這思想對到怎樣程度，示給我們，無論如何，這是值得最大的注意的，爲什麼呢，因爲這引導我們，極近地向着人類發展的歷史上的藝術的職務的問題的緣故。

現在，我們既然有了一種先行底的藝術定義了，我就應該申明我所據以觀察藝術的那觀點。

當此之際，我不用含胡的言語，我要說，對於藝術，也如對於一切社會現象一樣，是從唯物史觀的觀點在觀察的。

唯物史觀云者，是什麼呢？

在數學裏，有從反對來證明的方法，是周知的事。我在這裏，是將用也可以稱爲從反對的說明方法這方法的罷。就是，我將先令人想起唯心史觀是什麼，而其次，則示人以與之相反的，同一對象的唯物論底解釋，和牠是怎樣地不同。

唯心史觀者，在那最純粹的形式上，即在確信思想和知識的發達，爲人類的歷史底運動的最後而且最遠的原因。這見解，在十八世紀，完全是支配底的，還由此移到十九世紀。聖西門和奧古斯德．恭德，還固執着這見解，雖然他們的見解，在有些處所，是和前世紀哲學者的見解成着正反對的。例如，聖西門曾提出希臘人的社會組織，是怎樣地發生的——這問題來。（註一）他於這問題，還這樣地回答。「宗教體系(le système réligieux)之在他們，是政治體系的基礎……。這後者，是以前者爲模型而被創造了的。」而且作爲這證明，他指點出希臘人的阿靈普斯，是「共和底集會」，以及希臘一切民族的憲法，有着縱使他們怎樣地各不相同，但他們都是共和底的這一種共通的性質。(註二)然而，這還不是全部。橫在希臘人的政治體系的基礎上的宗教體系，據聖西門的意見，則那自體，就從他們的科學底概念的總和，從他們的科學底世界體系流衍出來的。希臘人的科學底概念，是這樣地爲他們社會生活的最深奧的基礎，而這些概念的發達——又是這生活的歷史底發達的主要的發條，將一形態之由別形態的歷史底轉換，加以限制的最主要的原因。

(註一) 希臘在聖西門的眼中，是有特別的意義的。因爲據他的意見，是"C'est chez les Grecs que l'esprit humain a commencé à s'occuper sérieusement de l'organisation sociale."

(註二) 看他的 Mémoire sur la science de l'homme.

同樣地，奧古斯德・恭德是以爲「社會底機構的全體，終究安定於意見之上」(註一)的。這——不過是百科全書家們的見解的單單的重覆，據此，則 C'est l'opinion qui gouverne le monde（世界被支配於意見）。

(註一) Cours de philosophie positive. Paris 1869. T. 1, p.p. 40—41.

還有在黑格爾的極端底觀念論之中遇見其極端的表現的，別一種的觀念論存。人類的歷史底發展，怎樣地由他的觀點來說明呢？舉例以說明罷。黑格爾自問：爲什麼希臘滅亡了？他指出這現象的許多原因來，然而從中作爲最主要的，映在他的眼裏者，是希臘不過表現了絕對理念的發展的一階段，所以既經通過這階段，便定非滅亡不可了的這事情。

『拉舍特蒙因爲財產的不平等而滅亡了』的事，固然是知道的，但總之，據黑格爾的意見，則社會關係和人類的歷史底發展的全歷程，終究爲論理學的法則，爲思想的發展歷程所規定，是明明白白的。

唯物史觀於這見解，是幾何學底地反對的。倘使聖西門從觀念論底的觀點，觀察着歷史，而以爲希臘人的社會關係，可由他們的宗教觀來說明，則爲唯物論底見解的同流的我，將這樣說罷：希臘人的共和底阿靈普斯，是他們的社會底構造的反映。而且倘使聖西門對於希臘人的宗教底見解，從那裏顯現的問題，答以那是從他們的科學底世界觀所流出，則我想，希臘人的科學底世界觀這東西，就在那歷史底發展上，爲希臘諸民族的生產力的發展所限定的。（註一）

（註一）數年之前，在巴黎，A・謁思拔那斯的著作，Histoire de la Technologie, 想將古代希臘人的世界觀的發展，由他們的生產力的發展來說明的嘗試，出版了。這是很重要，而且有興味的嘗試，對於這，縱使他的研究在許多之點有錯誤，我們也應該很感謝謨思披那斯的。

這樣的，是對於歷史一般的我的見解。這是對的麼？在這裏，並無證明其對的處所。但我希望你假定這是對的，而且和我一同，將這假定作爲關於藝術的我們的研究的出發點。關於藝術的部分底的問題的這研究，也將成爲對於歷史的一般底的見解的檢討，是自明的事。在事實上，倘使這一般底的見解是錯的，則我們既然以這爲出發點了，關於藝術的進化，將幾乎什麼也不能說明的罷。但是，倘若我們竟相信藉這見解之助，來說明這進化，較之藉着別的任何見解之助，更爲合宜，那就是我們爲這見解的利益，得到一個新的而且有力的證據了。

但是，當此之際，我早就豫料着一種反駁。達爾文在那著作『人類的起源和雌雄淘汰』中，如大家所知道，揭載着許多證示美的感情(Sense of beauty)在動物的生活上，演着頗爲重要的職掌的事實。會將這些指給我，而且由此引出美的感情的起源，非由生物學來說明不可的結論的罷。會向我說，將在人類的這感情的進化，只歸於他們的社會的經濟，是難以容許（『是偏狹』）的罷。但因爲對於物種的發展的達爾文的見解，是唯物論底見解無疑，所以也將這樣地向我來說罷，生物學底唯物論，是將好的材料，供給一面底的史底（『經濟學的』）唯物論的批判的。

我明白這反駁的一切重要性，所以就在這裏站住。在我，這樣辦，是更加有益的，爲什麼呢，因爲一面回答着這個，我可以藉此也回答那從動物的心理底生活的領域中所取材的類似的反駁的全系列的緣故。首先第一，且努力來將我們根據着達爾文所舉的諸事實，非下不可的那結論，弄得極其精確罷。但為此，且來觀察他自己在這些上面，立了怎樣的判斷罷。

在關於人類的起源的他的著作（俄譯本）的第一部第二章裏——

「美的感情——這感情，也已被宣言，是也惟限於人類的特殊性。然而，倘若我們兩面一想，或種鳥類的雄，意識底地展開自己的羽毛，而且在雌的面前誇耀華美的色彩，和這相反，並無美的羽毛的別的鳥們，便不這樣地獻媚，那就自然不會懷疑於雌之顛倒於雄的美麗的事了罷。但是，又因為一切國度的婦女們，都用這樣的羽毛來裝飾，那不消說，恐怕誰也不否定這裝飾的優美的。以很大的趣味，用了美麗地有着采色的物象，來裝飾自己的游步場的集會鳥，以及同樣地來裝飾自己的巢的或種的蜂雀，即分明地在證明牠們有美的概念。關於鳥類的啼聲，也可以這樣說。當交尾期的雄的優美的啼聲，中雌的意，是無疑的。倘若鳥類的雌，不能估計雄的華美的色彩，美，和悅耳的聲音，則要藉這些特質來蠱惑她們的雄鳥的一切努力和佈置，怕是消失着了的能。然而不能假定這樣的事，是明明白白的。

「加以一定的配合了的一定的色，一定的聲，爲什麽使獲快樂呢，這恰如爲什麽任意的對象，於嗅覺或味覺是快適的事一樣，幾乎不能說明。但是，同一種類的色和聲，爲我們和下等動物所愜意的一件事，却能夠以確信來說的。」（註一）

（註一）達爾文，人類的起源。第一卷，四五頁。（綏契育諸夫教授所編纂的俄譯本。）

這樣，而達爾文所引用的事實，是證明着下等動物也和人類相等，可以經驗美底快樂，以及我們的美底趣味，有時也和下等動物的趣味相同。（註一）然而，這些事實，是並非說明上述的趣味的起源的。

（註一）據迦萊斯的意見，則達爾文在動物的雌雄淘汰的問題上，非常地誇張着美底感情的意義的。迦萊斯正當到什麼程度的決定，一任之生物學家，我則從達爾文的思想是絕對地對的這一個假定出發，而你，敬愛的先生，大約贊成這於我是最爲不利的假定的罷。

但是，如果生物學對於我們，沒有說明我們的美底趣味的起源，那就更不能說明那些的**歷史底發達**。然而，再使達爾文自己來說罷——

「美的概念——他接續說，——至少，雖只是關於女性的美，也因人而異其概念的性質。實在，就如我們將在下文看見那樣，這在種種的人類種族中，很有種種，連在同一人種的各國民裏，也會不同。從野蠻人的大多數所喜歡的可厭的裝飾和一樣地可厭的音樂判斷起來，大約可以說，他們的美的概念，是較之在或種下等動物，例如鳥類，爲更不發達的。」（註一）

（註一）達爾文，人類的起源。第一章，四五頁。

倘若美的概念，在屬於同一人種的各國民，是不同的，則不能在生物學之中，探求這樣的種種相的原因，是分明的事。達爾文自己就在告訴我們，要我們的探求，應該向着別的方面去。在他的著作的英國版第二版的，我剛纔引用了的一節裏，遇見I・M・綏契育諸夫所編纂，出於英國版第一版的俄譯本所缺少的，如次的話，"With cultivated men such（即美的）sensations are however intimately associated with complex ideas and trains of thought."（註一）

（註一） The Descent of Man, London 1883, p. 92. 這些句子，在新版的達爾文的俄譯本裏恐怕已經加入了罷，但我這里，現在手頭沒有這本子。

這是這樣的意思，「但在文明人，這樣的感覺，是和各種複雜的觀念以及思想的連鎖結合着的。」這——是極重要的指示。這使我們從生物學到社會學去，爲什麼呢，因爲文明人的美的感覺和許多複雜的觀念相聯合着的那事情，據達爾文的意見，分明是就爲各種社會底原因所限定的。但是，以爲這樣的聯合，僅僅能見於文明人的時候，達爾文是對的麼？不，不對，而且證明這事，是極其容易的，來舉例罷。如大家所知道，動物的毛皮，爪和牙齒，在原始民族的裝飾上，充着非常重要的脚色。憑什麼來說明這脚色呢？憑這些的對象的色和線的配合麼？不，這之際，問題是在野蠻人瞥如用了虎的毛皮，爪和牙齒，或是野牛的皮和角，來裝飾自己，而一面也在暗示着自己的敏捷或力量的事上，就是，打倒敏捷的東西者，是敏捷的，打倒強的東西者，是強的。此外，一種迷信夾雜其間，也是能有的事。斯庫勒克拉孚德報告說，北美洲西部的印地安種族，極愛這地方的猛獸中也算最兇暴的白熊的爪所做的裝飾。黑人的戰士，以爲白熊的兇暴和剛強，是會傳給用了那爪裝飾着的人的。所以這些爪，對於他，據斯庫勒克拉孚德的意見，一部分是用以作裝飾，而一部分則用以

爲靈符的。（註1）

（註1）Schoolcraft, Historical and statistical information respecting the history, condition and prospects of the Indian Tribes of the United States. T. III, p. 216.

這之際，不消說設想爲野獸的毛皮，爪和牙齒，開初單因爲這些物象上所特有的色和線的配合，遂中了美洲印地安的意，是不可能的（註1）。不，那反對的假定，就是，設想爲這些對象，最初只帶牠爲勇氣，敏捷，以及力量的標記，而惟到了後來，並且正因爲牠們曾是勇氣，敏捷，以及力量的標記的結果，這纔喚起美底感覺，而歸入裝飾的範疇裏，倒妥當得多。也就是成了美底感覺，『在野蠻人那裏』不但僅能夠和複雜的觀念相聯合，有時還正發生於這樣的觀念的影響之下的事了。

（註一）同一種類的對象，也有單因爲那顏色而被愛好的時候的，但關於這事，後來再說。

別的例。如大家所知道，非洲的許多種族的婦女們，手足上帶着鐵圈。富裕的人們的妻，有時竟將這樣的裝飾的幾乎一普特，帶在身上。（註一）

（註一）看 Schweinfurth, Au coeur de l'Afrique. Paris 1875, T. I, p. 148. 並看 Du Chaillu, Voyage et aventures dans l'Afrique èquatoriale. Paris 1863, p. 11.

這不消說，是非常地不自由的。然而不自由之於她們，並不妨礙其懷着滿足，將這些錫瓦因孚德之所謂奴隸索子帶在身上。爲什麽將這樣的索子帶在身上，尼格羅女人是高興的呢？就因爲靠了這些，她在自己，在別人，都見得美的緣故。但爲什麽她見得美呢？這，是作爲觀念的頗複雜的聯合的結果而起的。對於這樣的裝飾的熱情，據錫瓦因孚德之說，則現今正在經驗着鐵器時代，換了話說，就是，鐵於那些人們是貴金屬，正在那樣的種族裏發達着。貴重的，就見得美，爲什麼呢，因爲和這聯合着富的觀念的緣故。例如，將二十磅的鐵圈帶在身上的亭卡族的女人，在自己和別人，較之僅帶二磅的時候，即貧窮的時候，都見得更其美。當此之際，分明是問題並不在圈子的美，而在和這聯合着的富的觀念了。

第三個例。山培什河上流地域的巴德卡族那裏，以爲未將上門牙拔去的人，是不美的。這奇特的美的概念，何自而來的呢？這也是由觀念的頗複雜的聯合而被形成的。拔去了自己的上門牙，巴德卡族竭力要模仿反芻的動物。以我們的見解，這——是有點不可解的衝動。但是，巴德卡種族者——是牧畜種族。他們幾乎崇拜着自己們的母牛和公牛。（註一）在這裏，也是貴重者是美的。而且美的概念，發生於全然別的秩序的觀念的土壤上。

（註一）Schweinfurth, T. I, p. 148.

臨末，取一個達爾文自己從理文斯敦的話裏引來的例子罷。馬各羅羅族的女人在自己的上唇上穿孔，而向那孔裏，嵌以稱爲呸來來的金屬片或竹材的大的圈。向這種族的一個引路人，問爲什麼女人們帶着這樣的圈的時候，他『恰如給過於無聊的質問，喫了一驚的人那樣』，答道，『爲美呀！這——是女人們的唯一的裝飾。男人有鬚，在女人沒有這。沒有呸來來的女人什麼，是怎樣的東西呢？』帶呸來來的習慣，何自而來的事，在今雖難於以確信來說明，但那起源，不應該探求於連一些（直接底的）關係也沒有的生物學的法則之中，而應在觀念的或種極複雜的聯合裏，是明明白白的。（註一）從這些例子看來，我以爲就有權利，來確言：由對象的一定的色的配合以及形態所喚起的感覺，雖在原始民族那裏，也還和最複雜的觀念相聯合着；還有，至少，這樣的形態以及配合的許多，惟由這樣的聯合，在他們纔見得美。

（註一） 在後段，我想將原始社會裏的生產力的發展，放在思慮裏，一面試行說明。

那是被什麼所喚起的呢？又，和由對象之形而喚起於我們內部的感覺相聯合的那些複雜的觀念，是何自而來的呢？能回答這些問題的，分明並非**生物學者**，而只有**社會學者**。而且，即使唯物史觀對於問題的解決，較之別的任何史觀更爲有力，即使我們確信上述的聯合和上舉的複雜的觀念，畢竟爲所與的社會的生產力的狀態及其經濟所限定，所創造，但還必須認識，達爾文主義對於我在上面力加特色了的唯物史觀，是毫無矛盾的東西。

我在這裏，關於達爾文主義對於這歷史觀的關係，不能多說了。但是，關於這事，還要略講一點點。

請注意下面的幾行謂──

「我想，在最初，是有將〔我〕和恰如各各的羣居底動物，如果那知底能力而發達到在人類似的活動和高度，便將獲得和我們一樣的道德底概念那樣的思想，是「相距」很遠的事，宣言出來的必要的。

「正如在一切動物，美的感情是天稟的一樣，雖然牠們也被非常之多的種類的事物引得喜歡，牠們「也」會有關於善和惡的概念，雖然這概念也將牠們引到和我們完全反對的行動去。

「倘使我們，譬如，——我雖然故意取了極端的際會，——被養育於和巢蜂全然一樣的條件之下，則我們的未婚女子，將像工蜂一樣，以殺掉自己的兄弟爲神聖的義務，母親在拚命殺死自己的多產的女兒們，而且誰也不想反對這些事，是絲毫也沒有疑義的。但蜂（或別的一切羣居底動物）在那時候，被看作能有善惡的概念或良心。」（註一）

（註一）人類的起源，第一卷，五二頁。

從這些言語，結果出什麼來呢？那就是——在人們的道德底概念上，毫無什麼絕對底的東西，這就和人們住在其中的條件的變化，一同變化。這些條件，由什麼所創造的呢？那變化，由什麼所惹起的呢？關於這，達爾文什麼也沒有說，如果我們來說出，並且來證明牠們是由生產力的狀態所創造，作為那些力的發展的結果而變化的，則我們不但並不和達爾文相矛盾，且將成為補足他所述說的東西，說明他所終於未曾說明的東西了罷，而也就是將那個，將在生物學上給他盡了那麼大的貢獻了的那原則，來適用於社會現象的研究上而致的。

一般底地說起來，要將達爾文主義和我所正在擁護的歷史觀來對峙，是非常地奇怪的事。達爾文的領域，全然在別處。他是考察了作為動物種的人類的起源的。唯物史觀的支持者，是想要說明這物種的歷史底運命。他們的研究的領域，恰恰從達爾文主義者的研究的終結之處，從那地方開頭。他們的研究，不能替代達爾文主義者所給與我們的東西，和這完全一樣，達爾文主義者的最有光輝的發見，也不能替代他們的研究，不過能夠爲他們豫備了地盤。這正如物理學者毫不因自己的研究，推開了化學底研究這東西的必要，而給化學者豫備地盤一樣。(註一) 一切問題，在於這處所，達爾文的學說，在正該如此的時候，作爲生物學的發達上的大而必然底的進步，出現了，因着那時這科學，將凡是能夠提出的要求之中的最重要的的東西，給那研究者們完全地滿足。關於唯物史觀，也能夠說什麼同樣的事麼？能夠斷言，牠在正該如此的時候，作爲社會科學的發達上的大而必然底的進步，而出現了麼？而且牠在現在，使那一切的要求都得滿足，是可能的麼？對於這，我以十分的確信來回答，是的，——能夠的！是的，……可能的！而且我要在這些信札裏，也指示一部分這樣的確信是並非沒有根據的事。

（註一）這之際，我應該聲明於此。據我的意見，卽使生物學者．達爾文主義者的研究，算是給社會學底研究豫備着地盤，那也只可以解釋爲下面那樣的意思。就是，生物學的進步——只要這是以有機體發達的歷程爲問題，——對於社會學上的科學底方法的完成，只要這是以社會組織及其所產，人類的思想和感情，的發達作爲問題的，便不能協力。但是，我決非贊成赫胥爾似的達爾文主義者的社會觀的人，在我們學界裏，他們生物學者．達爾文主義者在關於人類社會的自己的議論之中，也已經毫不蹈襲達爾文的方法，且將不過是將在偉大的生物學者僅是研究對象的動物底（尤其是肉食動物的）本能，加以理想化的事，指摘出來了。達爾文之於社會問題，決不是"sattelfest"（熟手）。但作爲從他的學說而出的結論，顯現在他那里的那社會觀，却和許多達爾文主義者正在從此造成的結論，毫不相像。達爾文以爲社會底本能的發達，『於種的發展，非常地有益。』正在宣傳着一切人們對一切人們的社會底鬪爭的達爾文主義者們，是不會分得這見解的。誠然，達爾文說過，『競爭應該爲一切的人們開放；法律和習慣，都不應該來妨礙有最大的成功和最多的子孫的有最大的能力者。」(there should be open competition for all men; and the most able should not be prevented by laws and customs from succeeding best and reaching the largest number of offspring.) —— 然而，一切人們對一切人們的市民戰的贊同者們，却徒然引用着他的這些話。使他們記起聖西門主義者們來罷。這些人們，也和達爾文一樣，談到競爭，然而他們以競爭之名，要求了恐怕勸開爾和他的同意見者們也不會贊成的那樣社會改革了。"Competition" 又 "Competition" 借了恩哈那萊爾的話來說，則這和 fagot et fagot 恰恰相同。

但是，回到美學去罷。看上面所引用了的達爾文的話，他觀察美底趣味的發達，分明是從和道德底感情的發達相同的觀點的。在人們，如在許多動物也這樣的一樣，美的感情是天稟的。就是，他們有在一定的物或現象的影響之下，經驗特殊的，所謂（「美底」）滿足的能力。然而，究竟是怎樣的物和現象，給他們以這樣的滿足的呢？那是關係於在那影響之下，他們被養育，生活以及行動的條件之如何的。人類的本性，使美底趣味和概念之存在，於人成爲可能。環繞着他的諸條件，則規定從這可能向現實的推移。所與的社會底人類（卽所與的社會，所與的民族，所與的階級），有着正是一種特定的這，而非這以外的東西的美底趣味和概念的事，就由此得到說明。

像這樣的，是從達爾文說及這事之處，自行流衍出來的最後的結論。而於這結論，唯物史觀的支持者的誰也將不加反對，那是不消說得的。豈但如此呢，他們的各人，還將在這裏發見這歷史觀的新的確證。他們之中，豈不是誰也未曾想要否定人類底本性的這或別的周知的特質，或關於這，來試加胡亂的解釋麼？他們單是說，倘若這本性是不變的，這就沒有說明爲變化不歇的現象之總和的那歷史的歷程，但倘若那本身卽和歷史底發展的行程一同變化，那麽，就分明該有牠的變化的什麽外底原因在，云。無論如何，歷史家和社會學者的任務，因此也就遠出於就人類底本性的諸特質而言的論議的範圍之外了。

取了向模倣的衝動那樣的特質來看罷。關於模倣的法則，寫了極有與味的研究的塔爾特，恰如在那裏面，發見了社會之心一般的東西。據他的定義，則一切社會底集團，有一部分，是在所與的時候，互相模倣着，有一部分，則是在那以前已經依照同一的模型而模倣了的存在的總和。模倣在一切我們的觀念，趣味，流行及習慣的歷史上，充了極大的脚色，是毫無疑義的。那重大的意義，已曾爲前世紀的唯物論者所指出。人類是全由模倣而成的，——遏爾韋修斯說。然而，塔爾特將模倣的法則的研究，放在虛僞的基礎上面了的事，却也一樣地並無疑義。

斯條亞德王家的復位，在英國暫時恢復了舊貴族階級的統治的時候，這貴族階級不但毫不表示什麼衝動，要模倣革命底小有產者的極端的代表者的那清教徒而已，却顯現了趨向於和清教徒底生活信條正反對的習慣和趣味的最強的傾向。道德的清教徒底切實，將地位讓給最不可信的頹廢了。將那時清教徒之所禁止的，來愛好，來實行的事——成了美俗。清教徒是極爲宗教底的，復位時代的社交界的人們，則以自己的無信仰自負。清教徒壓迫了劇場和文學，他們的沒落，則成了趨向劇場和文學之所致的新而且強的誘惑去的信號。清教徒是短頭髮，非難服飾的華美的，復位之後，則長的假髮和華麗的美服都登場了。清教徒是禁玩紙牌的，復位之後，則打紙牌成爲情熱了，等等，等等。（註一）用一句話來說，則在這裏並不是模倣，這分明也是伸根於人類底本性的諸特質之中的矛盾，動彈了起來。但是，爲什麼伸根於人類底本性的諸特質之中的矛盾，以這般的力量，出現於十七世紀英國的資產階級和貴族階級的相互關係裏面的呢？就因爲那正是貴族階級和資產階級，更精細地說——至『第三階級』之間的鬬爭，最爲強烈的緊張的時代的緣故。所以我們可以這樣說，在人類，雖說有着向模倣的強有力的衝動無疑，然而這衝動的顯現，却惟在一定的社會關係上。例如，在十七世紀的法國，曾經存在過的關係，便是這，在那時，資產階級很喜歡模倣貴族階級，雖然不能說是非常地成功底的。記起摩理埃爾的『市人底貴族』來罷。但在別的社會關係上，則向模倣的衝動，將地位讓給反對的衝動而消滅了，我姑且稱這爲向矛盾的衝動罷。

（註一）看 Alexandre Beljame, Le Public et les Hommes de lettres en Angleterre du dix-huitième siècle. Paris 1881, p. p. 1—10, 並且看 Taine. Histoire de la littérature anglaise, T. II. p. 443 及以下。

但是，不，我用着很含胡的表現了。向模倣的衝動，在十七世紀的英吉利人之間，是也未嘗消滅的，這確以向來的力量，在同一階級內的人們的相互關係之中出現。培勒及謨就那時的上流社會的英吉利人，這樣說，『這些人們，連無信仰也並不是，他們是 a priori （先天底）地，爲了不令人看作圓頭的人們，又爲了不使自己有思索的勞苦，而否定了的。』（註一）關於這些人們，我們可以沒有犯錯誤之懼地，說，他們，是因爲模倣，所以否定了的。但是，模倣着較爲認眞的否定論者，他們正因爲這樣做，所以和淸教徒矛盾了的。模倣者，所以便是矛盾的源泉。然而，我們倘以爲屬於英國貴族階級的較弱的人們，模倣了在無信仰之點是較強的人們，便知道那是因爲無信仰是美俗的緣故，而其所以如此者，僅僅是由於矛盾，僅僅是作爲對於淸教徒主義的反動，——反動，那不外是作爲上述的階級鬪爭的結果而出現的東西。就是，在心理現象的一切這複雜的辯證法的基底上，橫着社會底秩序的諸事實。從這事看來，由達爾文的幾個命題我在上面所下的結論，到什麼程度和在怎樣意義上是對的呢，就明明白白了，就是，人類底本性，使一定的概念（以及趣味，以及傾向）之存在，於人成爲可能，但從這可能向現實的推移，則係於環繞着他的諸條件之如何，這些諸條件，便使正是一種特定的這，而非這以外的東西的概念（以及傾向，以及趣味），在他裏面顯現。假使我並不錯，則這和在我以前，一個俄國的唯物史觀的支持者所已曾說過者，是全然同一的。

（註一） 上揭書，七至八頁。

『胃被供給到一定量的食物的時候，牠便照着胃的消化的一般底的法則，開始活動。然而，借了這些法則之助，能夠解決爲什麼諸君的胃裏，每天送到可口而富於滋養的食物，在我，那却是少有的客人這個問題麼？這些法則，會說明爲什麼有些人們喫得太多，別的人們却在餓死麼？說明，大約應該在什麼別的領域裏，求之於別種法則的作用的。關於人類的智能，也一樣。這被放在一定的狀態裏，周圍的環境給以一定的印象的時候，這便依着一定的一般底法則，將牠們結合起來。當此之際，在這里，結果也是依着所收受的印象的多樣，而至於極端地多樣化。然而，將牠們放在這般的狀態裏的，是什麼呢？新的印象的豐富和性質，是被什麼所限定的呢？惟這個，乃是靠了思想的怎樣的法則，也不能得到解決的問題。

「其次。試來設想一個有彈力的球，正從高塔落下之際罷。那運動，是依着周知而且極其單純的力學底法則而行的。但是，球現在衝突着了斜面。牠的運動，便照着別的同樣地極其單純而又周知的力學底法則而變形。那結果，在我們這里，可以得到運動的曲線。關於這，可以說，也應該說，那發生，是出於上述的二法則的結合了的作用的。然而，我們的球所衝突的斜面，是從那里出現的呢？第一法則，第二法則，兩者的結合了的作用，都沒有說明那個。在人類的思想，也完全一樣的。使那運動依着這樣這樣以及這樣的法則的結合了的作用的那事情，是從那里出現的呢？那各個的法則，法則的綜合底作用，都沒有將牠說明。」

我確信，觀念形態的歷史，只有將這簡單明瞭的眞理，完全地作爲我有者，纔能夠懂得。

往前去能。我一面講着模倣，一面將和這正反對的衝動，我所名爲向矛盾的衝動的事逑說了。

還應該很注意地將這加以研究。

我們知道，達爾文之所謂『對立（anti thesis）的根原』，在人類和動物的感覺的表現時，是演着多麽大的脚色的。『或一種的心理狀態……當那最初的發現，雖在今日，也還喚起屬於有益的運動之一的，一定的習慣底的運動來……。在全然相反的精神狀態之際，有強有力的無意識底的衝動存在，那是想要實行全是自發底的性質的運動的，即使那後者並未曾帶來怎樣的利益。」

（註一）達爾文還舉着許多最切實地顯示着依『對立的根原』，許多東西委實能在感覺表現上得到說明的類例。我問，——這作用，在習慣的起源和發達之中，不能也被發見的麽？

（註一）論人類和動物的感覺（情緒）表現。俄譯本，聖彼得堡，一八七二年，四三頁。

狗在主人面前仰翻的時候，形成着對於一切近似抵抗的東西，看來無不反對的全局的牠的姿態，是作爲最完全的從順的表現之用的。當此之際，即刻惹眼的，是對立的根原的作用。但我想，在旅行家巴敦所報告的如次之際，也一樣地惹眼。瓦仰安提族的黑人們，經過敵對他們的種族所住的部落旁邊時，爲要不因自己的模樣，激動他們，便不攜帶武器。但在自己的家裏，他們却全都常常，至少，是帶着棍子，武裝起來的。（註一）倘如達爾文的觀察，狗仰翻着，一面就像因此在向人們或別的狗說，『看哪！我是你的奴隸！』則在正是決非武裝不可那時候，却解去武裝的瓦仰安提的黑人，便是藉此在向自己的敵人這樣說，『我遠離了關於自衛的一切思想，我完全相信你的寬仁。』

（註一） Voyage aux grands lacs de l'Afrique orientale, Paris 1862, p. 610.

無論在那一際會——都有一樣的意味和一樣的這的表現，就是，假使敵意替換了從順，即不免有出於和那時該有的〔動作〕正相反對的動作的表現。

在用於悲哀的表現的習慣上，也一樣地以值得驚歎的明白，看出對立的根原的作用來。大關特和理文斯敦說過，尼格羅女子除了她服喪之際以外，決沒有不加裝飾而外出的事。（註一）

(註一) Exploration du Zambèze et de ses affluents, paris 1866, p. 109,

在粘粘族的黑人那里，近親的誰一死，他立刻將他自己和他的妻子們都用過許多注意和關心於那裝飾上的自己的頭髮剪去，作爲哀愁的表徵。(註一)據條·沙留的話，則在非洲，在那所屬的種族內占着重要位置的人的死後，許多的黑人種族，卽都穿不潔的衣服。(註二)婆羅洲的一種土人，爲了表現自己的悲哀，則將他們現在通行的棉織的衣服脫掉，而穿起他們先前所用的樹皮的衣服來。(註三)一種的蒙古種族，則以同一的目的，將自己的衣服翻轉。(註四)當一切這些之際，作爲感情的表現，而對於在生活的常態底的進行時認爲自然的，必要的，有益的，而且快適的事物，〔恰相〕反對的動作便中用了。

(註一) Schweinfurth, Au couer de l'Afrique, T. II, p. 33.

(註二) Voyage et aventures á l'Afrique équatoricale, p. 263.

（註三） Ratzel, Völkerkunde, B. I. Einleitung, S.65.

（註四） Ratzel, L, c., B. II. S. 347.

就是，在生活的常態底的進行上，用潔淨的來換不潔的衣服，是被認爲有益的。然而，當悲哀之際，則潔淨的衣服因爲對立的根原，將地位讓給了不潔的衣服。在婆羅洲的上述的居民，用棉織的衣服來替換自己的樹皮的衣服，是快適的。但對立的根原的作用，却使他們當他們想要表現自己的悲哀之際，穿起樹皮的衣服來。在蒙古人，如在一切別的人們亦復如此一樣，不翻轉自己的衣服，而將表面穿在外向，是自然的事。但正因爲在生活的常態底的進行上，這算是自然，所以生活的常態底的進行一被什麼可悲的事件所擾亂的時候，他們便將這翻轉了。然而在這里，還有更其分明的例。錫瓦因孚德說，很多的非洲的黑人們，爲了悲哀的表現，將繩子纏在頭上。（註一）在這里，悲哀是用了和自己保存的本能所暗中囑咐的事，恰恰相反的感情來表現的。而且還能夠非常之多地舉出這樣的事來。

（註一）Au cœur de l'Afrique, T. I, p. 151.

所以我相信，習慣的最顯著的部分，那起源是出於對立的根原的作用的。倘若我的確信是有根據的，——但我却以為那是極有根據的，——那麼，便可以假定，我們的**美底趣味**的發達，一部分也行於牠的影響之下。這樣的假定，可以由事實來確證麼？我想，是可以的。

在綏內更毗，富裕的尼格羅女人，脚上穿着不能全穿進去那樣的小的靴子，所以這些女人們，因為很拘束的步行，顯得特別。然而這步行，是被算作極其媚惑底的。（註一）

（註一）L. J. B. Bérenger-Férand, Les peuplades de la Sénégambie. Paris 1879, p. 11.

那爲什麼會成爲那樣了的呢？

爲要懂得這個，必須先知道貧窮的，因而從事勞動的尼格羅女人，不穿上述那樣的靴子，所以也走着普通的走相。她們不能像富裕的妖姬們的走着那樣地走，爲什麼呢，因爲那是將致時間的大大的浪費的緣故。然而那些人們，是無關於勞動的必要的，在那些人們，時間是並不貴重的，正因爲這緣故，富裕的女人們的拘束的步行，便也被當作媚惑底的東西了。這樣的步行，在牠本身，是什麼意義也沒有的，只因爲和被勞動所苦的（也因而貧窮的）女人們的走相反對，這纔獲得意義。

「對立的根原」的作用，當此之際，是分明的。但這由於社會底原因，由於殺內更毗的黑人之間有財產的不平等存在，纔被惹起的事，請你注意罷。

將上述的關於斯條亞德王家復位時代的英國的宮廷貴族階級的道德的事，

也來一想之後，我想，你對於顯現於他們之中的向矛盾的衝動，乃是成爲在社會心理上的達爾文的對立的根原的作用的一部分的事，大約便容易首肯的罷。但是，這之際，還有注意於下文的事的必要。

如恪勤，忍耐，謹嚴，戒愼，家庭道德的切實，等等的美德，於正在驀進以冀獲得更高的社會底地位的英國的有產階級，是極其有益的。但和有產者美德相反的惡德，至少，於英國的貴族階級，在爲自己的存在而和有階級的鬭爭上，却無益。那並非將爲這鬭爭的新手段供給了他們，而不過是這鬭爭的心理底結果。於英國的貴族階級有益的，並非向和有產者美德相反的惡德去的他們的衝動，乃是因此而喚起了這衝動的那感情，就是對於那一階級的憎惡，以爲那完全的勝利，意義便是貴族階級一切特權的全然和這事同一程度的完全的破壞。向惡德的衝動，只不過作爲相關變化（倘若當此之際，可以用我從達爾文借來的這術語）而出現了而已。在社會心理的領域裏，很常起和這同樣的相關變化。注意於這，是必要的，但這之際，記得那些「變化」究竟也由社會底原因所喚起，也完全同樣地必要的。

一翻英國文學史，便可以懂得我所指摘了的由階級鬬爭所喚起的對立的根原的心理作用，怎樣強烈地反映於上層階級的美底概念之中了。當自己的流放時代住在法蘭西的英國的貴族，在那里親近了法蘭西文學和法蘭西的劇場。那是優雅的貴族社會的典型底的這一方面的唯一的產物。所以較之伊利沙伯朝的英吉利的劇場和英吉利的文學，更很能符合他們本身的貴族底的傾向。復位之後，法蘭西趣味的流行，在英吉利的演劇和英吉利的文學上開始了。後來，莎士比亞開始被苛待，恰如由見過他的古典主義底傳統的頑固的支持者的那些法蘭西人們，當作『爛醉的野蠻人』而受了苛待的一樣。他的『羅美阿與求麗德』，那時是『壞戲文』，『夏夜之夢』是『愚劣的可笑的戲文』，『顯理八世』是——『幼稚』，『阿綏羅』是——『平常』。(註一) 對他的這樣的態度，雖到下一世紀，也還沒有完全地消去。盧讓以爲莎士比亞的戲曲底天才，是被誇張着的，那原因，卽和大概一切不具的不均整的身體，往往見得非常之大的相同。他責備着偉大的戲劇作家對於戲劇藝術的法則之完全的無識 (total ignorance of all theatrical art and conduct) 波柏深惜莎士比亞爲民衆 (for the people) 寫作，因此未受皇室的庇護和宮廷的維持 (the protection of his prince and the encouragement of the court)。連莎士比亞的熱烈的崇拜者的那有名的哈爾律克，也竭力想將自己的『偶像』做成高尙。他在自己的『哈謨力德』的上演，作爲過於粗野的東西，而删掉了掘墳的場面。『理亞王』上，則他添上了幸福的收場。然而英國劇場的看客中的民主底的部分，却和這相反，對於莎士比亞繼續着最熱烈的愛執。改纂他的戲曲，不可不先準備這部分看客的猛烈的反對的事，哈爾律克是自覺着的。對於冒過了這危險的他的「勇氣」，法蘭西的朋友們寄他書簡，說了讚辭，他們中的一個還加添道："Car je connais la populace anglais."（註二）

（註一） Beljame, L. c., p.p. 40—41. Taine, L. c., p.p. 508—512.

（註二） 關於這，可看 J. J. Jusserand 的有興味的研究，Shakespeare en France sons l'ancien régime. Paris 1898, p.p. 247—248.

十七世紀後半的貴族階級的道德的頹廢，如所共知，也反映於英國的舞臺上。在那里，這眞到了不可相信的程度了。從一六六〇年到一六九〇年的期間，在英國所作的喜劇，幾乎無一例外，借愛德華·安格勒斯的話來說，是屬於猥褻文學的領域的。（註一）從這一端看來，就可以說，在英國，遲遲早早，已不能不 a priori（由因推果）地，由於對立的根原，而有以描寫和發揚家庭底的美德和道德的市民底的淸淨爲主要目的的這一種類的劇本出現。而這樣的種類，其實，後來竟由英吉利的有產階級的知識底代言者來創造了。但於這種的戲劇，我到後面講述法蘭西的『傷感喜劇』之際，再來涉及罷。

（註一）Geschichte der englischen Litteratur. 3 Auflage, Leipzig 1837, S. 264.

在我所知道的範圍裏，葉波里德．泰納是最能留心到對立的根原在美底概念的歷史上的意義，並且最巧妙地將牠指摘出來的。（註一）

（註一）塔爾特在一八九七年所印的 L'opposition universelle, essai d'une Théorie des Contraires 這著作上，幸而遇到了可以研究這根原的心理作用的絕好的機會。但不知道爲什麼，他並不利用這機會，關於上述的根原，只述說了一些極少的意見。塔爾特說（二四五頁），這書並非社會學底論策。於專門地供獻給社會學的論策，只要他不拋掉自己的觀念論底的立場，恐怕是什麼也做不出來的罷。

在富於機鋒而有興味的著作『披萊耐遊記』中，他再錄着和自己的『鄰座的』波爾的對話，波爾的話，就在敍述著者自己的見解，這是從一切之點看來，很為明顯的。『你到凡爾賽去。——波爾說，——而且你嫌憎十七世紀的趣味……。但請你暫時停止從你自己的必要和你自己的習慣的立場來下判斷罷……。見了荒涼的風景而歡喜時，我們並不錯，這正如這樣的風景將憂鬱吹給他們時，他們是並不錯的一樣。在十七世紀的人們，是再沒有什麼別的東西，比眞實的山更不美的了。(註二) 山使他們發生許多不快的感慨。剛剛經歷了市民戰和半野蠻的時代的人們，看見這的時候，就想起關於飢餓，關於為雨所淋，以及雪中在馬背上顚着前去的長久的行軍，關於在擠滿寓客的骯髒的客店裏，交給他們的糠皮和一半的壞的黑麵包那些事。他們倦於野蠻了，恰如我們的倦於文明一樣地……。那些山脈……將從我們的石路，辦事桌，小店，得到休息的可能，給與我們。荒涼的風景只靠着這原因，纔於我們合意。倘使沒有這一個原因，那麼，這於我們，恐怕也全如馬丹・孟退儂曾經如此一樣，見得是討厭的東西了罷。』（註二）

（註一） 不要忘記對話是就披萊納山脈而言的。

（註二） Voyage aux Pyrenées, cinquième édition, Paris, p. p. 190—193.

荒涼的風景，由於和我們所厭倦的都市風景的對照，而中我們的意。都市的風景和修剪了的庭園，則因和荒涼的境地的對照，中了十七世紀的人們的意了。『對立的根原』的作用，在這里也無可疑。然而正因爲這是無可疑的，所以就在分明示給我們，心理學底諸法則對於觀念形態的一般的歷史，以及一部分底地，則藝術的歷史的說明，可以成爲鑰匙，是到怎樣的程度。

對立的根原在十七世紀的人們的心理上，也曾充着和我們現代人的心理上一樣的脚色。爲什麽我們的美底趣味，和十七世紀的人們的趣味相反呢？

就因爲我們處於不同的狀態上的緣故。於是我們到達了既知的結論，就是，人類的心理底本性，是使美底概念的存在，於他成爲可能，而達爾文的對立的根原（黑格爾的『矛盾』），則在這些概念的機械作用上，扮演着極重要的，迄今未得十足的估價的脚色。然而，爲什麽所與的社會底人類，恰有這些的，而非這些以外的趣味的呢？爲什麽他喜歡恰是這些，而非這些以外的對象的呢？那是關於環繞着他的條件的如何的。泰納所引用的例子，也很能顯示這些條件的性質是怎樣，就是，依着這，則分明被社會底諸條件，這些東西的總和——我暫且用着不精確的表現——人類文化的發展行程所規定。（註一）

（註一） 在文化的最低的階段上，對立的根原的心理底作用，也已經爲男女之間的分業所喚起了。據V．I．青海理生說，『在游卡計爾人的原始底構造上，典型底的，是作爲兩個各別底的集團的那男女間的對立。這事情，在男子和女子分爲友仇的游戲之中，在女子們所發的有些音，和男子們不同的言語之中，在女子們以母系爲較重要，男子們以父系爲較重要的事之中，在因此而對於他們男女，終至於創造出活動的特殊的，各自獨立的範圍來了的兩性間的職務的專門化之中，都可以見到。』（在耶蓬契那耶和詞爾特吳爾河流域的古代游卡計爾人的生活和文獻。聖彼得堡，一八九八年。五頁。）

靑海理生似乎沒有覺得，當此之際，在兩性間的職務的專門化，就是他所指摘了的對立的眞原因。

關於這對立之反映在兩性的裝飾上的事，許多旅行家都證明着。例如『在這里，也如到處都是如此一樣，強的男女，竭力要仔細地將自己和別人區別，所以男性的打扮，和女性的很不同（Schweinfurth, Au coeur de l'Afrique, I. p. 281），又，男人們（粘粘族的）費許多勞力於自己的頭髮的裝飾上，而女人們的梳髮反是，全然簡單而質朴。』（L. c., II. p. 5）。關於男女間的分業對於跳舞的影響，可看

Von den Steinen 的 Unter den Naturvölkern Zentral- Brasilliens. Berlin 1894, S. 293. 可以用確信來說，在男人們那里，使自己和女人們相對立的衝動，是發現在使自己和下等動物來對立的衝動之前的。這之際，人類的心理底本性的基本底特質，豈不是顯領受假反而正底的表現的麼？

在這里，我豫料着你這面的一個反駁。你將說，『且將泰納所引的例子，算是使我們心理的基本底的法則，活動起來的原因，而指出了社會底諸條件的罷。且將你自己所引的例子，也算是指示着這個的罷。然而，不能引用些指示着和這全然各別的事的例子麼？將我們的心理的諸法則，活動於圍繞我們的自然的影響之下的事，證示出來的例子，沒有人知道麼？』

當然知道的，——我將囘答道，——就在泰納所引的例子裏，我們對於由自然在我們之上所惹起的印象的關係，也正是成着問題。然而問題之所在，是在這樣的印象之及於我們的影響，和我們自己的對於自然的關係之變化，而一同變化；以及這最後者，爲我們的（卽社會底）文化的發展行程所規定。

在泰納所引的例子裏，有講關於風景的。敬愛的先生，在繪畫史上，風景大抵決不佔着常住底的地位的事，請你注意罷。密開朗改羅和他的同時代者，蔑視了這個。在意大利，這只在文藝復興期之末，在沒落期開了花。

完全一樣地，在十七世紀，以及連在十八世紀的法蘭西的美術家，這也並沒有獨立的意義。到十九世紀，事情忽然變化起來，就是將風景作爲風景，開始加以尊重。而且年青的畫家們——茀來爾，凱巴，綏阿陀爾．盧梭——於自然的懷中，在巴黎的近郊，芳丁勃羅，美陀爾等處，發見了路．勃蘭和蒲先的時代的畫家們連那可能也未曾夢想到的那樣的感激。那是什麽緣故呢？是因爲法蘭西的社會關係變化了，所以法蘭西人的心理也變化了。於是在社會底發達的種種的時代，人類則從自然領受種種的印象，蓋因爲他是從種種的觀點，觀察自然的。

人類的心理底本性的一般底法則，不消說，無論在那一時代，都不停止的。但因爲在種種時代的社會關係之不同，作爲那結果，而全不一樣的材料，入於人類的腦裏，所以那造成的結果，也就全不一樣了：這是無足怪的。

再舉一個例罷。有兩三個著作者，發表了人類的容貌中，髣髴下等動物的相貌者，在我們都覺得醜的這一種思想。這事，只要關於文明民族，是對的。當此之際，固然也有譬如『獅子頭』，我們誰也不會以爲畸形的那樣許多的例外。但雖有這樣的例外，人類也還因爲意識着較之動物世界中的自己的一切同族，自己是無限地高尚的存在，於是怕和他們相像，而將和他們不像之處，竭力裝點起來，誇張起來的事，却也的確的。（註一）

(註1) "In diser Idealisirung der Natur liess sich die Sculptur von Fingerzeigen der Natur selbst leiten; sie überschäzte hauptsachlich Merkmale, die den Menschen von Thiere unterscheiden. Die auchrechte Stellung führte zu grösserer Schlankheit und Länge der Beine, die zunehmende Steile des Schädelwinkels in dem Thierreiche zur Bildung des griechischen Profils, der allgemeine schon von Winkelmann ausgesprochene Grundzatz, dass die Natur, wo sie Flächen unterbrech dies nicht stumpf, sondern mit Entschiedenheit thue, liess die scharfin Ränder der Augenhöhle und der Nasenbeine so wie den ebenso scharfgerandeten Schnitt der Lippen vorziehm." Lotze Geschichte der Aesthetik in Deutschland. München 1868, S. 568.

然而，在適用於原始民族上，那却絕對地不對。他們的有一些是爲要像反芻動物，拔掉自己的上門牙；別的一些是爲要像肉食獸，將這截短；又有些是

將自己的頭髮，結得像角一樣。此外，這樣的例，幾乎有無限，是大家知道的。（註一）

（註一）教士海克威理兒爾說，他曾於訪問一個知己的印地安人的時候，遇見了正在做那，如大家所知道，在原始民族，是有重要的社會底意義的跳舞的準備。印地安人用了下面似的意趣，描摹着自己的臉相，『我從一面望他的側臉時，他的鼻子顯着仿造得很好的老鷹的嘴巴，我從別一面望去時，這鼻子是像猪鼻……。印地安人好像很滿足於自己的工作，為什麼呢，因為他拿了鏡子來，以滿足和一種誇耀，在注視自己的臉了。』Histoire, moeurs et coutumes des nations indiennes, qui habitaient autrefois la Pensylvanie et les états voisins, par le révérend Jean Heckewelder, missionaire morave, trad. de l'anglais par le chevalier Du Pouceau. A Paris 1822, p. 324, 我全鈔了這書的標題，是因為其中含有許多有興味的報告，想將牠紹介給讀者的緣故。我也還將引用本書，不止一次的罷。

這模倣動物的衝動，往往聯結於原始民族的宗教底信仰。（章一）

（註一）可看 J. O. Frazer, Le Totemisme, Paris 1898, p. 39 和那以下。Schweinfurth Au Coeur de l'Afrique, I, p. 381.

然而這事，是毫不使事態發生變化的。

假使原始人之觀察動物，用了我們的眼睛，那麼，在他的宗教底表象之中，牠們豈不是大概就得不到位置了麼？原始人是另樣地看待動物的。為什麼另樣地呢？就因為他站在文化的別樣的階段上的緣故。如果人類在或一時地竭力要像動物，在別一時地——却使自己和牠們相對立，那就是由於他的文化的狀態，即我也已經說過的社會底諸條件之如何的意思。固然，當此之際，我也能作更精確的表現，我說，那是關聯於他的生產力的發展階段，於他的生產方法的。但是，爲誇張和『一面性』之點，免於得到非難起見，我將使我已經引用過的博學的德國的旅行家——望·覃·斯泰南來替我說話。『我們只能在如次之際，懂得這些人們，——他關於巴西的印地安人，說，——那便是將他們當作狩獵生活的所產，而加以觀察。他們的全經驗的最主要的部分，都和動物的世界相關聯，而且在這經驗的基礎之上，建立了他們的世界觀。和這相對應，而他們的藝術底意匠，也以令人生倦的單調，從動物的世界裏取得。可以說，他們的值得驚歎的豐富的藝術的一切，是生根在狩獵生活的。』(註一)

(註一) 前揭書，二〇一頁。

車勒芮綏夫斯基曾在他的學位論文『藝術對於現實的美學底關係』中寫着，『在草木，合我們之意者，是將力量橫溢的潑剌的生活，曝露出來的色彩之新鮮，華麗，和形式之豐富。凋楷的草木，是不好的，生命的液汁不充足的植物，是不好的。』車勒芮綏夫斯基的學位論文，是極有興味，也是在這種文字中，唯一的將孚伊爾巴赫的唯物論的一般底原則，應用到美學的問題去的例子。

然而，歷史常常是這唯物論的弱點，而且在我剛纔引用了的幾行裏，就很可以看出。『在草木，合於我們之意者……』所謂『於我們』，是於誰呢？人們的趣味，豈不是就如車勒芮綏夫斯基自己在那同一論文裏，指摘了不止一回那樣，極爲變化底的麼？如大家所知道，原始底的種族，——例如薄墟曼和澳洲土人，——雖然住在花卉的極其豐富的地土，也決不用於裝飾。相傳塔司瑪尼亞人，於這一點是例外的，但現在早已無從確證這報告的眞實，因爲塔司瑪尼亞人已經滅絕了。總之，在將那意匠取自動物世界的原始——說得更精確些，則狩獵——民族的裝飾藝術之中，全無植物的事，很爲大家所知道。現代的科學，是將這也仗生產力的狀態來說明的。

『狩獵民族所取自自然的裝飾藝術的意匠，專限於動物和人類的形狀，——愛倫斯忒·格羅綏說，——就是，他們就專挑選那些於他們最有實際底的興味的現象的。原始狩獵人將於他固然也是一樣地必要的植物之採取，作爲較低一類的工作，委之女人們，自己對於那些却毫無興味。由這一事，即可以說明在他的裝飾藝術之中，連我們文明民族的裝飾藝術上那麼豐富地發達了的植物底意匠的痕迹，也不遇見的事實。其實，從動物底裝飾藝術向植物底裝飾藝術的推移，是在文化史上的最大進步——從狩獵生活向農業生活的推移的象徵。』（註一）

（註一） Die Anfange der Kunst, S. 149.

原始藝術是很明瞭地在那裏面反映着生產力的狀態的，現在遇有可疑之際，竟至於由藝術來判斷這力的狀態。就是，譬如薄墟曼，非常地喜歡，也比較底非常地巧妙地描寫人類和動物。他們所住之處的幾個洞窟，現出着眞的畫廊。但薄墟曼決不畫植物。在躲在一個叢莽後面的獵人的描寫上的稚拙的叢莽的畫，是這一般底的規則的唯一的例外，最能顯示這題材之於原始藝術家，是怎樣地新奇。以這爲基礎，有幾位人種學者便這樣地下着結論，卽使薄墟曼在不知若干年前，曾站在比現在高出幾段的階段上，——雖然這樣的事，大抵是不可能的，——他們分明是決沒有知道農業的罷。(註一)

(註一) 可看斐力特立克．克理思德黎的著作，Au sud de l'Afrique. Paris 1897. 上的保羅．亞綏留的有興味的序文。

如果這都對的，大約就可以將上文的從達爾文的話，我們所下的結論，變形如下了：原始狩獵人的心理底本性，限定他一般地能有美底趣味和概念，但他的生產力的狀態，他的狩獵生活，則使他有恰是這些，而非這以外的東西的美底趣味和概念。照明了狩獵種族的藝術的這結論，同時也是有利於唯物史觀的一個多出來的證明。

在文明民族，生產的技術，只將很少的直接底的影響給與藝術。看去好像反對唯物史觀的這事實，其實是在作燦爛的論證之用的。然而關於這事，要待什麼時候別的機會來講了。

移到一樣地曾在藝術的歷史上歷充重大的脚色，一樣地向來未嘗加以相當的一切注意的別的心理底法則去罷。

巴敦說，在他所知道的非洲的黑人那里，音樂底的聽覺，幾乎沒有發達，但在他們，對於韻律，却敏感得至於可驚。『水手合着自己的楫子的運動而唱歌，挑夫且走且歌，主婦在家裏，且舂且歌。』(註一)凱薩里斯關於他所很加研究了的巴蘇多族的卡斐爾人，說着同樣的事。『這一種族的女人們，兩手上帶着一動就響的金屬製的環。她們爲了用手推的水車來舂自己的麥子，常常聚在一處，而且合唱着和自己們的手的整齊的運動時，從環子所發的韻律底的音響，精確地相一致的歌，(註二)同一種族的男人們，當鞣皮的時候，和那一舉一動相應，——凱薩里斯說，——發着我所不能懂得意義的奇怪的聲音。』(註三)在音樂之中，這種族尤其愛那韻律，而且這在所與的調子中，愈是強的，這調子於他們就愈是愉快。(註四)跳舞之際，巴蘇多用手和脚來拍板，但因爲要增強拍出的聲音，他們的身上掛着發響的器具。(註五)巴西的印地安人的音樂裏，韻律的感情也一樣地顯得很強，而反之，他們對於諧調，却非常地弱，關於調和的概念，則似乎連一點也沒有。(註六)關於澳洲的土人，也不能不說一樣的話。(註七)對於韻律的感性，大抵恰如音樂底能力是如此的一樣，是成着人類的心理底本性的基本底諸特質之一的。也不獨限於人類。『縱使並非喜歡拍子和韻律的有音樂性，但至少，認識這些的能力，在一切動物却分明是天稟的，——達爾文說，——而且爲他們的神經系統的一般生理學底性質所規定，也無可疑。』——（註八）從這點看來，恐怕便可以假定爲人類和動物所通有的這能力的發現之際，那發現，和他的社會底生活一般的條件以及尤其是他的生產力的狀態，是沒有關係的罷。但這樣的假定，一見雖然好像很自然，然而禁不起事實的批評。科學已經明示了有這樣的關聯存在了。而且，敬愛的先生，請你注意，是科學使最卓越的經濟學者之一人——凱爾・畢海爾來做了的。

（註一）上揭書，六〇二頁。這之際，是作爲手推水車的意思的。

（註二）Les Bassoutos par E. Casalis, ancien missionaire, paris 1863 p. 150.

（註三）上揭書，一四一頁。

（註四）上揭書，一五七頁。

（註五）上揭書，一五八頁。

（註六）Von-den-Steinen, L. c., S. 326

（註七）可看 E. J. Eyre, Manners and customs of the aborigines of Australia, in Journal of Expeditions of Discovery into Central Australia and overland. London 1847, t. II, p. 229. 並看格羅綏的 Anfange der Kunst. S. 271.

（註八）人類的起源，第二卷，二五二頁。

就如從我引在上文的事實看來，便見分明那樣，感到韻律而且以這爲樂的人類的能力，則使原始生產者喜歡在那勞動的歷程中，依照着一定的拍子，并且在那生產底動作上，伴以勻整的音響或各種掛件的節奏底的響聲。然而原始生產者所依照的拍子，是被什麼所規定的呢？爲什麼在他的生產底動作上，謹守着正是這，而非這以外的韻律的呢？那是被**所與的生產歷程的技術底性質**，**所與的生產的技術**所規定的。原始種族那里，勞動的樣樣的種類，各有樣樣的歌，那調子，常是極精確地適應於那一種勞動所特有的生產底動作的韻律。(註一) 跟着生產力的發展，生產歷程上的韻律底活動的意義，便微弱了，但雖在文明民族，例如，在德意志的村落裏，每年的各時期，據畢海爾的話，就各有特別的勞動者的熱鬧點綴，而且各種勞動——各有其自己的音樂。(註二)

(註一) Karl Bücher, Arbeit und Rhythmus, Leipzig 1896, S. S. 21, 22, 23, 35, 50, 53, 54; Burton, L. c., p. 641.

(註二) Bücher, ibid. S. 29.

一樣地應該注意的，是和勞動是怎樣地施行——由一個生產者，還是由全集團呢相關聯，而發生了給一個歌者或給全合唱團的歌謠，而且這後者，又被分爲幾個範疇的事。而在一切這些之際，歌謠的韻律，是往往嚴密地被生產歷程的韻律所規定的。不特此也。這歷程的技術底性質，對於隨伴勞動的歌謠的內容，也有決定底的影響。勞動和音樂以及詩歌的相互關係的研究，將畢海爾引到如次的結論了，『在那發達的最初的階段上，勞動，音樂和詩歌，是最緊密地相結合着的，然而這三位一體的基礎底要素，是勞動，其餘的兩要素，僅有從屬底意義而已。』（註一）

（註一）上揭書，七八頁。

許多隨伴生產歷程的音響，那本身就已經是有音樂底效果的，加以在原始民族，音樂中的主要的東西——是韻律，所以要懂得他們的無技巧底的音樂底作品，怎樣地由勞動的用具和那對象接觸所發的音響而生成，也不是煩難的事。那是由於增強這些的音響，由於將或種的複雜化，放進這些韻律裏去，而且由於使這些一般地適應於人類底感情的表現，而被完成了的。（註一）但爲了這，首先必須將勞動用具變形，於是這就變化爲樂器了。

（註一）上揭書，九一頁。

生產者僅只敲着那勞動的對象的那樣的用具，是應該首先經驗這種變化的。大家知道，鼓在原始民族之間，非常普及，他們中的有一些，竟至今還以這爲唯一的樂器。絃索樂器在原始底地，也屬於和這同一的範疇，爲什麼呢？因爲原始音樂家是一面演奏，一面敲絃的。吹奏樂器在他們那里，退居於副次底的地位，笛子比別的東西常常較爲多見，但那演奏，往往是隨伴——於或種協同底的勞動——爲了將韻律底正確，傳給他們——的。（註一）我在這里不能詳述畢海爾關於詩歌的發生的見解，在我，不如在後來的信札之一裏來說之爲便當。簡單地說罷，畢海爾相信，勢力底的節奏底的動作，尤其是我們所稱爲勞動的動作，催促了牠的發生，而且這不但關於詩歌的形式，是對的而已，即關於那內容，也一樣地對。（註二）

（註一）上揭書，九一至九二頁。

（註二）上揭書，八〇頁。

如果畢海爾的値得注目的結論是對的，那麽，我們就可以說下文似的話，人類的本性（他的神經系統的生理學底性質），給與了他認得韻律的音樂性，并且以此爲樂的能力，但他的生產的技術，則規定了這能力的此後的運命。

很久以前，研究家就覺到所謂原始民族的生產力的狀態和他們的藝術之間的密接的關聯了。然而因爲他們是站在觀念論底見地之際居多，所以雖然勉強承認了這關聯的存在，而於這却給以不當的說明。有名的藝術史家威廉·

留勃開就說，原始民族的藝術作品，那上面打着自然底必然性的刻印，反之，文明民族的那個，則爲精神底自覺所貫穿。這樣的對比，除了觀念論底迷妄以外，什麼結果也沒有。在事實上，文明民族的藝術底創作——其被從屬於必然性，是不下於原始底的東西的。差異之處，只在在文明民族，藝術之於生產的技術和方法，消滅了那直接底憑依。固然，我知道那是極大的差異。然而我也一樣地知道，這是正爲分配社會底勞動於種種階級間的，社會底生產力之發展這事所引出來的。那豈但沒有推翻唯物史觀，還貢獻着於牠有利的一個新而有力的證據。

還來講講『均齊的法則』罷。那意義，是偉大的，而且也絲毫不容疑惑。那是在什麼上生根的呢？大概，是在人類的身體，還有動物的肢體，那樣東西的構造上的罷。在肉體上，只有對於平常的人們，一定常給以不快的印象的跛者和殘疾者的身體，是不均齊的。喜歡均齊的能力，也由自然給與着我們。然而，倘使這能力，未嘗爲原始人的生活樣式所鞏固，所養成，則能夠發達到什麼程度呢，是不知道的。我們知道原始人——大抵是狩獵人。這生活樣式，就如我們所已經知道那樣，使在他的裝飾藝術上，大抵是取自動物世界的意匠。而這則使原始藝術家——已從很早以來——很注意地考察起均齊的法則來。（註一）

（註一）很早以來——云者，因爲在原始民族，孩子的游戲，同時也是養育他們的藝術底才能的學校的緣故。就是，看教士克理思德黎的話（Au sud de l'Afrique, p. 85 及以下），則巴蘇多族的兒童，自己用粘土給自己來做玩具的牛，馬，等等。自然，這孩子的彫刻，是留着非常之多的缺陷之處的，但開化的孩子們，在這一點，還是未必能和小小的非洲的『野蠻人』相上下罷。在原始社會中，兒童的游戲，最緊密地和成年者的生產底的勞作相聯繫。這事情，照明着「游戲」的對於社會生活的關係的問題，我將在其次的信札之一裏來指示。

人類所特有的均齊的感情，就這樣地而被養成的事，從野蠻人（不但野蠻人而已）在自己的裝飾藝術上，尤重水平底的均齊，過於垂直底的均齊的事看來，也就明白了。（註一）去看任何人類或動物的（常然並非不具的）形體罷，那麼，你便會看出他所特有，是第一類而非第二類了。幷且，於武器和器具，單從那性質和使命上，就屢屢要求了均齊底的形態的事，也有注意的必要。臨末，倘如完全正當的格羅綏的意見，以為裝飾自己的盾的澳洲的土人，其識得均齊的意義，程度和已達了高的文明之域的集靈宮的創建者們之所識全然相等，那便明明白白，均齊的感情這東西，在藝術的歷史上絕未有所說明，因而在這里也和在別的各處一樣，不能不說，自然給人類以能力，而這能力的練習和實際底應用，則爲他的文化的發展行程所規定了。

（註一）可看格羅綏的 Anfange der Kunst, S. 145 非洲土人眉上的圖畫。

我在這里故意又用了不精確的表現，文化。讀了這，你會熱烈地叫起來罷，「什麼人，而且什麼時候，將那個否定了呢？我們只是說，限定着文化的發展者，不僅生產力的發展，也不僅是經濟罷了！」

悲哉！我太熟悉這樣的反駁。而且言其實，爲什麼連賢明的人們，也不覺得橫在那基底上的可怕的論理底錯誤的呢？無論如何，我不能懂。

其實，你是在希望文化的發展行程，同樣地也被別的「諸要因」所規定的。我請教你：那些之中，藝術在內麼？你將答道：當然，在的。那時候，你那里會有這樣的命題罷。文化的發展行程，從中，爲藝術的發達所規定，而藝術的發達，爲人類文化的發展行程所規定。而關於一切別的「諸要因」，經濟，公民權，政治組織，道德，等等，你也將不能不說和這全然一樣的話了。那將成爲怎樣呢？成爲下面似的：人類文化的發展行程，爲一切上揭的諸要因的活動所規定，而一切上揭的諸要因的活動，爲人類文化的發展行程所規定。那豈非就是我們的父祖們曾經犯過的舊的論理底錯誤麽——地站在什麽上面呢？——鯨魚上面。——鯨魚呢？——水上面。——水呢？——地上面。但地呢？等等，同一的可驚的順序。請你贊成：當研究社會底發達的眞切的問題時，臨末要能夠，而且也應該更眞切地論議的。

我確信從今以後，批評（精確地說，則科學底美學說）只有依據唯物史觀，纔可以進步。我又以爲批評在那過去的發達上，那些代表者們距我所正在主張的歷史觀愈近，他們便愈是獲得了確實的基礎。作爲那例子，我將給你指出在法蘭西的批評的進化來。

這進化，是和一般底歷史底觀念的發展，緊密地相聯繫的。十八世紀的啓蒙主義者，就如我已經說過那樣，從觀念論的觀點，觀察了歷史。他們將知識的蓄積和普及，看成了人類的歷史底運動的最主要而比什麼都埋伏得深的原因。但倘若科學的進步和大抵的人類底思想的運動，在事實上是成着歷史底運動的最重要而且最深的原因的，那就自然不得不起這樣的疑問，思想的運動本身，是被什麼所限定的呢！倘依十八世紀的觀點，則對於這只有唯一的回答，曰，由於人類的本性，由於他的思想的發展的內在底法則。但是，如果人類的本性，是規定他的思想的全發展的，那麼，文學和藝術的發達，就分明也被牠所規定。於是人類的本性——而且惟獨這個——是能夠將領會文明世界上的文學和藝術的發達的鑰匙，給與我們，幷且也不得不給的了。

人類底本性的諸特質，使人類經驗種種的時期，少年期，青年期，成熟期，等。文學和藝術，也在自己的發達上，經過這些的時期。

『什麼民族，並非首先是詩人，其次是思想家的呢？』格林在他的"Correspondance littéraire"裏，想由此來說詩歌的盛時，和民族的少年期及青年期相應，哲學的發達——和成熟期相應，而問着自己。十八世紀的這見解，爲十九世紀之所繼承。連在斯泰勒夫人的有名的著作"De la littérature dans ses rapports avec les institutions sociales"中，我們也會遇見，雖然在那里，固然同時也有全然別種見解的極明顯的萌芽。『研究希臘文學之發達的三個不同的時代的時候，——斯泰勒夫人說，——我們在那些之中，看見人類底知識的自然底行程。荷馬給第一個時代以特色；沛理克來斯的時代，戲劇藝術，雄辯和道德，都顯示着絢爛的隆盛，而且哲學也跨開了最初的第一步；在亞歷山大的時代，則哲學底的學術的更深一層的研究，成着文學界中的人們的主要的工作。不消說，詩歌要發達到最高的頂上，人類底知識之發達的一定階段，是必要的。但是，文學的這部分，雖以進步和文明及哲學之賜，訂正了幻想的或種的錯誤，而同時也不能不失其燦爛的容姿的有些東西。』(註一)

(註一) De la littérature etc., Paris, an VIII, p. 8.

這意思，就是所與的民族一過青春的時代，詩歌便無可避免地不能不到或一程度的衰微。

斯泰勒夫人知道近代的民族，他們的理智的一切雖然進步，但勝於『伊里約特』以及『阿迭綏』的詩歌的作品，却連一篇也沒有。這事情，嚇了她對於人類的不息而且不偏之完成的確信，使之動搖了，而且因此之故，她也不願離開她承十八世紀而來的關於種種時期的理論，因爲這給以容易免於上述的困難的可能。

其實，倘從這理論的觀點，則我們之所見，詩歌的衰微乃是新世界的文明民族的智底成熟的特徵。然而斯泰勒夫人當拋下這些的比較，移到近代民族的文學史去時，她是知道可從完全不同的觀點來觀察的。在這意義上，她的著作中說到關於法蘭西文學的考證的那幾章，就尤有興味甚深之處。『法蘭西人的快活，法蘭西人的趣味，在一切歐洲的國度裏，至於已經成爲熟語了，——她在這幾章之一的裏面，說，——這趣味和這快活，普通是歸之於國民性的，但倘以爲所與的國民的性質，並非對於他的幸福，他的利益，以及他的習慣，給了影響的秩序和條件的結果，那麽是什麽呢？在最近十年間，雖在最極端的革命底沈滯的瞬間，最醒目的對照，於一篇諷刺詩，於一篇辛辣的譏刺，都沒有用處了。將至大的影響，給與法蘭西的運命的人們的多數，全然沒有表現的華豔，也沒有理智的閃光，他們的影響力的一部分，是很可以將那原因歸於他們的憂鬱，寡言，冷的殘酷的。」（註一）這些句子當時對誰而發，這裏面所藏的暗示和現實相應到什麼程度，於我們都不關緊要。我們所必要的，只是注意於據斯泰勒夫人的意見，則國民性乃是歷史底條件的出產這一件事。但是，倘以爲國民性並不是顯現於所與的國民的精神底特質之中的人類的本性，那又是什麼呢？

（註一）De la littérature, II, p. p. 1—2.

而且倘若所與的國民的本性，由那歷史底發展所創造，則牠之不能是這發展的第一的動因，是很明白的。但從這里，却可以說，文學——國民底精神底本性的反映——就是創造這本性的歷史底條件本身的出產。那意思，便是說明他的文學的，並非人類的本性，也非所與的民族的性質，而是他的歷史和他的社會底構造。斯泰勒夫人是也從這觀點，觀察着法蘭西的文學的。她獻給十七世紀的法蘭西文學的一章，是想由當時的法蘭西的社會，政治關係，以及從那對於帝王權的關係之中觀察出來的法國貴族階級的心理，來說明這文學的主要性質的，極有興味的嘗試。

在那裏面，有許多關於當時支配階級的心理的極確的觀察，和若干關於法蘭西文學之將來的非常成功底的考察。『在法蘭西的新的政治底秩序之下，我們早已遇不見什麼類似（於十七世紀的文學）的東西了罷，——斯泰勒夫人說，——由此而我之所謂法蘭西人的機智和法蘭西人的優美，只不過是幾世紀間存在於法蘭西的君主制和道德的直接底的，而又必然底的出產的事，也充足地得到證明了罷。』（註一）文學是社會底構造的出產這一種新的見解，在十九世紀的歐洲的批評上，漸次成爲支配底的了。

（註一）上揭書，第二卷，一五頁。

在法蘭西，基棱在他的文藝評論裏，是屢次提及這事的（註一）。聖蒲孚也在說，雖然他添上若干但書，纔與以優容，最後，則於泰納的勞作中，發見那完全而輝煌的表現。

（註一）基棱的文學底見解，雖是順便說及，却將值得指摘出來的燦爛的光，投給了法蘭西的歷史底觀念的發達的。在那著作 Vies des poètes francais du siècle Louis XIV, Paris 1813中，基棱這樣地說着。希臘文學在牠的歷史上，反映着人類的知識之發達的自然底行程。但在近代的民族，事態却複雜得遠了，就是，在這里，有顧及『第二義底的原因的全集積』的必要。他移到法蘭西文學史，開始研究這些『第二義底的』原因的時候，一切這些，生根於在那影響之下，各社會階級和社會層的趣味和習慣至於形成了的法蘭西的社會關係上的事，就分明了。在 Essai sur Shakespeare 裏，基棱將法蘭西的悲劇，作為階級心理的反映，而加以觀察。據他的意見，則戲曲的運命，一般地和社會關係的發達是嚴密地相關聯的。然而將希臘文學，作為人類底知識的『自然底的』發達的出產這一種見解，基梭却在 Essai sur Shakespeare 出版的時代也還沒有拋棄。豈只如此呢，這見解，在他的自然底·歷史觀裏，還遇見牠的合致的東西。在一八二一年出版的 Essais sur l'histoire de France 上，基梭發表着這樣的思想，以爲所與的國度的政治底構造，是爲那國度的『市民底生活』所決定的，但市民底生活——至少，在近代世界的諸民族——則因果底地聯繫於土地私有。這『至少』，是非常意味深長的。其所表示，是基梭之所理解者，並非以古代諸民族的市民底生活，爲和近代世界諸民族的市民底生活相反——是土地所有和一般地經濟關係的歷史的結果，而以爲是『人類底知識的自然底發達』的出產的。在這里，和對於希臘文學的例外底的發達的見解，有完全的相似。倘使於此再添上他的 Essais sur l'histoire de France 出版那時，基梭在自己的政治底諸論文中，最熱烈地而且決定底地，發表了法蘭西是『由階級鬪爭而被創造了的』這種思想的事，則近代社會的階級鬪爭，會比古代諸國家內的這種鬪爭更早地就映在近代歷史家的眼裏，該是毫不容疑的了。古代的歷史家，例如斯吉兌亞斯和波里比亞斯，將和他們同時代的社會的階級鬪爭，作爲什麼全然自然底，因而也是自明的東西，而加以觀察，略如我們的農民土地所有者，在觀察共同體內的多有土地的成員和少有土地的成員之間的鬪爭一樣，也是頗有興味的事。

泰納是懷着『人們的狀態的一切變化，結果是他們的心理的變化』這一個確信的。然而一切所與的社會的文學和那藝術，却正可憑他的心理來說明，因爲『人類精神的產物，就如活的自然也如此一樣，只能憑他們的環境來說明』的緣故。所以要懂得這國或那國的藝術和文學的歷史，則研究發生於那居民的狀態之中的各種變化的歷史，是必要的。這——是不可疑的眞理。而且爲發見許多最明快，又最巧妙的那些的說明起見，則看過 "Philosophie de l'art", "Histoire de la littérature anglaise" 或 "Voyage en Italie", 就很夠了。但泰納也如斯泰勒夫人以及別個他的先進者們一樣，還是把持着唯心史觀底的見解，而這則妨害了文學和藝術的歷史家從他所明快地，而且巧妙地說明了的無疑的眞理裏，抽出那凡是可以抽出的一切利益來。

觀念論者將人類底知識的進步，看作歷史底運動的究極的原因，所以在泰納那里，就出現了人們的心理，由他們的狀態而被規定，而他們的狀態，則由他們的心理而被規定這等事。在這里——泰納也和十八世紀的哲學者一樣，藉着在人種的形式上，向那出現於他那里的人類底本性的控告，而胚胎了也還可以走通的一串矛盾和困難。這鑰匙，給他開了怎樣的門呢，看下面的例便明白了。如大家所知道，文藝復興，在意大利比在別的任何處都開始得早，而且意大利又一般地先於別的諸國，收場了中世期的生活。在意大利人的狀態上的這變化，是由什麼所喚起的呢？——由意大利人種的諸性質——泰納回答說。

（註一）這樣的說明充足到怎樣，聽憑你來判斷，我就移到別的例子去。泰納在羅馬的霞爾畫堂裏，看見普珊的風景畫，這樣地說，意大利人因爲那人種的特殊性之故，所以特殊底地來理解風景，在他們，那——也是別墅，但是大結構地擴大了的別墅，然而德意志人種，則就爲自然這東西而愛自然。（註二）然而，在別的處所，同是這泰納對於同是普珊的風景畫，却這樣地說，「爲要能夠觀賞這些，必須嗜愛悲劇（古典底的），古典底的詩，儀式以及貴族底的或帝王底的壯觀的華麗，但這樣的感情，離我們現代人的感情是無限地遠的。」（註三）然而爲什麼我們的感情，那樣地不像嗜愛過華麗的儀式，古典底的悲劇，亞歷山特利亞的詩的人們的感情的呢？因爲，譬如，『爲王的太陽』時代的法蘭西人，和十九世紀的法蘭西人是別的人種的人們的緣故麼？奇怪的質問呵！泰納自己，不是用了確信而且固執地，對我們屢次說是人們的心理，跟着他們的狀態之變化而變化的麼？我們沒有忘却了那個，所以照着他反復地說：我們時代的人們的狀態，去十七世紀的人們的狀態極遠，因此之故，那感情也很不像勃亞羅和拉希努的同時代者的感情了。剩下的不過是明白那些事了：爲什麼狀態變化了呢，就是，爲什麼 anceinrégime（舊政體）將地位讓給了現在的有產者底秩序，爲什麼在路易十四世能夠幾乎並無誇張地說『國家——那就是我』的那國度裏，現今是股票交易所正在支配的呢？但對於這，是這國的經濟的歷史，會十分滿足地給與回答的。

（註一）"Comme en Italie la race est précoce et que la croûte germanique ne l'a recouverte qu'à demi, l'âge moderne s'y développe plus tôt qu'ailleurs"云云。Voyage en Italie, **Paris** 1872, t. I, p. 273.

（註二）上揭書，第一卷，二三〇頁。

（註三） 上揭書，第一卷，三三一頁。

敬愛的先生，站在極其種種的見地的著者們，曾經反駁過泰納的事，你是知道的。我不知道你對於他們的反駁，以爲何如，但使我說起來，則泰納的批評家們之中，無論誰，要將收羅着他的美學說的幾乎一切眞理，而且宣言着藝術由人們的心理而被創造，而人們的心理則跟他們的狀態而變化的那命題，來搖動一下，也做不到。而且全然一樣地，他們之中的無論誰，都沒有覺到使泰納的見解不能有後來的成果底的發達的根本底的矛盾；他們之中的無論誰，都沒有覺到從他的對於歷史的見解的意思來說，便是被那狀態所規定的人，那人本身，就成着這狀態的最後底的原因。爲什麼他們之中的無論誰，都沒有覺到這個的呢？——因爲這矛盾，也浸滲着他們自家的歷史觀的緣故。但是，這矛盾是怎樣的東西呢？由怎樣的要素而成的呢？那是由兩個要素而成的，其一，稱爲對於歷史的觀念論底見解，而別的——則稱爲對於牠的唯物論底見解。當泰納說人們的心理，準他們的狀態之變化而變化的時候，他是唯物論者，但在同是這泰納，說人們的狀態，被他們的心理所規定的時候，他是複述了十八世紀的觀念論底見解了。關於文學和藝術的他的最成功底的考察，並非受了這最後的見解的唆使，是無須贅說的罷。

從這事，結果出什麼來呢？那是這樣的，要從對於法蘭西的藝術批評家們的富於機智而且深邃的見解，妨害了那成果底的發達的上述的矛盾脫離，只有能夠向自己這樣地說的人們，纔做得到，就是：一切所與的民族的藝術，爲他的心理所規定，他的心理，爲他的狀態所創造，而他的狀態，則到底被限定於他的生產力和他的生產關係。但是，倘說這話的人，却正是在由此說出唯物史觀來……。

雖然如此，我想，已是可以收場的時候了。待到第二信！倘若我因爲我的解釋的『偏狹』，有觸怒了你的地方，那麼，希見原宥。下一回，要來講一講關於原始民族的藝術。而且，我以爲其中的我的解釋，大約就可以顯示決不如你曾經這樣想，而且恐怕至今還在這樣想似的，有這麼的偏狹了。

原始民族的藝術

敬愛的先生！

一切所與的民族的藝術，據我的意見，是往往和那民族的經濟，立於最密切的因果關係上的。所以當開始研究原始民族的藝術之際，我應該首先來闡明原始經濟的最主要的特徵。

在「經濟學底」唯物論者，借了或一著作者的形象底的表現來說，則從「經濟絃」開首，在大體上是最爲自然的。但當此之際，取了這「絃」，作爲我的研究的出發點者，此外還有特別的，而且非常重大的事情在。

是極其近時的事，在衆通人種學的社會學者和經濟學者之間，流布了一種堅固的信念，以爲原始社會的經濟，par excellence（幾乎全體）地是共產主義底經濟的。

『歷史家‧人種學者現今着手於原始文化的研究之際，——在一八七九年，M‧M‧珂瓦列夫斯基寫道，——明知着這樣的事，就是，知道成爲他的研究的客體者，其實既不是似乎互相約束，共同生活於僅由他們自己所設定的統制之下的箇別底的諸個人，也不是太初以來，便已存在，而逐漸成長爲血族結合的箇別底的諸家族，乃是男女的個人的集團底諸團體，即私底家族和個人底的最初僅是動產的所有，作爲那結果而出現的分化之最緩慢而自發底的過程，發生於其中的諸團體。』（註一）

（註一）『共同體的土地所有，那崩壞的原因，過程及結果。』二六至二七頁。

原始底地，是雖是食料，這『最重要而且最必要的動產的形式』，也成爲

集團底團體的諸成員間的共有的，而箇別底的諸家族之間的獲物的分配，則惟在立於比較底高的發展階段上的種族裏纔出現。(註一)

(註一) 同上，二九頁。

故人N．I．治培爾也同樣地觀察過原始經濟底構造。他的有名的著作『原始經濟文化的概要』，便是以供『那在種種階段上的經濟的共同體底方面成着在發展的早期階段上的經濟底活動的普遍底的形態……這一個假定』的批判底檢討的。根據了廣泛的事實底材料，那整理雖然不能認爲確是嚴密地體系底的，但治培爾到達了如下的斷案了。『捕魚，狩獵，襲擊及防禦，收畜，爲開墾計的森林區域的採伐，灌溉，土地的開墾，以及房屋，網和舟之類的大規模的器具製造上的單純協作，都自然底地限定一切生產物的協同使用；同樣地，既要能夠防衛從鄰境的團體而來的侵略，則連不動產和動產也限定爲

共有。(註一)

(註一)『概要』第一版的五至六頁

我還能夠引證別的許多一樣地有權威的研究者們。但你自己，不消說，是知道他們的。所以我不再來增添引用，但立刻指出『原始共產主義』的學說，最近時已在開始普遍的論爭的事來罷。就是，我在第一信上巳經引用過的凱爾·畢海爾，以爲這是不合於事實的。據他的意見，則實在可以稱爲『原始底』這種民族，其去共產主義極遠。他們的經濟，說是個人主義底，倒較爲適宜，然而這樣的稱呼也不對，因爲他們的生活，一般地和『經濟』的最本質底的特徵，是沒有關係的。

『在經濟之下，我們常常意味爲人們對於生活資料之獲得的協同底活動，——他在自己的「原始經濟底構造」的概要裏面說，——經濟，是以不獨關於現在的瞬間，幷且關於未來的顧慮，節省底的時間的利用，以及那合於目的底的分配爲前提的。經濟，是勞動，事物的估價，那使用的條理，文化獲得的從氏族到氏族的傳達的意思。」（註一）但是，在低級的種族的生活上，却只能遇見這樣特徵的最微弱的端緒罷了。「倘若從薄墟曼和韋陀族的生活中，除去了火和弓矢的使用，則他的全生活，便將歸於食料的個人底的搜索罷。各個薄墟曼，是非全然獨立地來扶持自己不可的。裸形的，而且不攜武器的他，就恰如野獸一般，和自己的同類一起，在一定地域的狹小的範圍內徘徊……。各個男女，都生喫着能用手捉，或用指爪從地中掘出的——下等動物，根，果實。他們有時成爲小團體或大集團，聚集起來，有時因了那地方的植物底食料或獵物的豐饒的程度，而又星散。但這樣的團體，是不轉化爲眞的社會的。這不會輕減個人的生存。這光景，在文化的現在的負擔者，恐怕是特爲不合意的罷。然而，由經驗底方法所搜集了的材料，却實在就使我們這樣地來描寫牠。其中一無臆造之處，依一般底的看法，則我們不過從低級的狩獵人的生活中，除去了已經作爲文化的特徵而出現了的東西，卽武器和火的使用能了。』（註二）

（註一） 可看『國民經濟的領域內的四概要』。『國民經濟的起源』中的論文。聖彼得堡。一八九八年，九一頁。

（註二） 同上，九一至九二頁。

這幅圖畫，不得不認爲和在M・M・珂瓦列夫斯基和N・I・治培爾的著述的影響之下，已經畫出在我們頭裏的原始共產主義底經濟的描寫，是完全不像的。

敬愛的先生，兩幅畫的那一幅，於你是『合意』的呢，我不知道。然而這並不是很有興味的問題。問題並不在對於你，我，或是第三者的誰合意，乃在畢海爾之所描寫，是否對的，是否和現實相符，是否和據科學所搜集的經驗底材料相應。這些問題，不但於經濟底發達的歷史，是重要的而已，卽於研究原始文化的任何方面的人，也有至大的意義。其實，藝術之被稱爲生活的反映，是並非偶然的。倘使「野蠻人」是畢海爾所描寫那樣的個人主義者，那麽，他的藝術，就一定應該再現着他所特有的個人主義的性質。不獨此也，藝術者，專是社會生活的反映。所以，倘若你是用了畢海爾的眼，在觀察野蠻人，則當向我說「食料的個人底搜索」乃是專主，因而人們之間，幾乎毫沒有什麽協同底的活動，在那里，要講藝術，是不可能的的時候，你大概是十分地澈底的罷。

還有將下面似的事，添在一切這些上的必要。就是，畢海爾者，確是雖然盼望其有，而可惜那數目竟沒有那麽地多的正在思索的學者之一人，并且因此之故，所以雖在他犯着錯誤之際，也應該加以認眞的注意。

將他所描寫了的野蠻生活的圖畫，再來仔細地觀察一回罷。畢海爾以關於所謂低級的狩獵種族的生活的材料爲根據，并且從這些材料中，只除去了文化的特徵，卽武器和火的使用，而就此加以描寫了。他由此指給我們，當研究他的繪畫時，我們之所應走的路。就是，我們應該首先玩味他實在曾經使用了的經驗底材料，觀察狩獵種族在事實上是怎樣地生活着的，其次，則選定關於他們在還未知道使用火和武器的那遼遠的時代，他們是怎樣地生活了的最足憑信的假定。在最初——是事實，其次——是假定。

畢海爾引證着薄墟曼和錫崙的韋陀族。能說這些無疑地屬於最低級的狩獵種族的種族的生活，缺着經濟的一切的特徵，而且在他們那里，個人是完全一任自己的力量的麽？我斷定是不能說的。

先拿薄墟曼來說罷。如大家所知道，他們爲了協同底的狩獵，往往成了二百以至三百人的隊伍，聚集起來。這樣的狩獵，是爲生產底的目的起見的人們的最不可疑的協同，而同時也『前提着』勞動和合目的底的時間的分配。爲什麼呢，因爲當此之際，薄墟曼有時是造作延長亙數英里的柵欄，掘深壕，在那底裏設立起弄尖了的木材來的。(註一)一切這些，卽所做的分明不但爲了滿足所與的時候的要求，且也爲了未來的利益。

(註一) 可看 Die Buschumänner. Ein Beitrag zur südafrikanischen Völkerkunde von Theophil Hahn. Globus, 1870, No. 7, S. 105.

『有些人，否定着他們那里的一切經濟底意義的存在，——綏阿斐勒・哈恩說道。——而在書籍中說及他們的時候，是一個著者直鈔別個著者的錯誤的。自然，薄墟曼不知道經濟學和國家經濟，但這事，於他們之想到凶日的事

卻並無妨礙。」（註一）

（註一）上揭書，第八號，一二〇頁。

而且在事實上，他們是從被殺的動物的肉，來作貯蓄，藏在洞窟中，或在遮蔽極好的谿谷裏，留下已經不能直接參加狩獵的老人，在作看守的。（註一）或一種植物的球莖，也被藏貯。搜集得很多的這些球莖，由薄墟曼保存在鳥巢裏。（註二）最後，則薄墟曼的貯藏蝗蟲，是有名的，爲了捕蝗，他們也一樣地掘起深的長壕來。（註三）

（註一）同上，第八號，一二〇及一三頁。

（註二）同上，第八號，一三〇頁。

（註三）Lichtenstein, Reise im südlichen Afrika in den Jharen 1803, 1804, 1805, und 1806. Zweiter Teil, S. 74.

這是顯示着和理褒德一同，斷定在低級的狩獵種族那里，誰也不想到貯蓄的準備的畢海爾，是錯誤得怎樣利害的。（註一）

（註一）『四概要』七五頁。註。

協同底狩獵完畢之後，薄墟曼的大狩獵隊，誠然分散爲小團體。然而，第一，是小團體的成員是一件事，各任自己的力量又是一件事。第二，薄墟曼雖然分散到種種的方面，但並不斷絕相互的聯絡。培喬安人曾對力錫典斯坦因說，薄墟曼總在藉了火的幫助，互相給與信號，并且因此知道非常廣大範圍的周圍所發生的一切，比文化高出他們遠甚的一切別的鄰近的種族，更爲詳明。（註一）我想，倘若他們那里，諸個人是專仗自己的力量的，而且倘若他們之間，以『食料的個人底的搜索』爲專主的，則這樣的習慣，在薄墟曼那里恐怕就不會發生了。

(註一) 上揭書，第二卷，四七二頁。火島的土人，也一樣地知道藉火之助以互相通信，可看 Darwin, Journal of researches, etc. London 1839, p. 238.

移到韋陀族去罷。這些狩獵人（我是在就完全野蠻的，英吉利人所稱之為 rock veddahs 者而言），是和薄墟曼一樣，成着小的血族結合而生活的。而且在他們那里，由那共同的力，以行『食料的搜索』。誠然，德國人的研究者波爾和弗律支·薩拉辛，那是關於韋陀族的最新的，而且在許多之點，是最完全的著述的作者們，(註一)但所描寫，却將他們作為頗是個人主義者。他們說，在韋陀族的原始底的社會關係，尚未遭站在文化發展較高的階段上的近鄰民族的影響所破壞的時代，他們的全狩獵地域，是為各個家族所分割的。

(註一) Sarrasin. Die Weddahs von Ceylon und die sie umgebenden Völkershaften. Wiesbaden, 1892—1893.

然而這完全是錯誤的意見。薩拉辛所據以建立自己們來推定關於韋陀族的原始底的社會底編制的那些證據，卽在說明和這些研究者們從中之所見，全然不同。就是，薩拉辛引用着十七世紀曾做錫崙島知事的望・恭斯的證言。但從望・恭斯的話中，却只見有韋陀族所住的領域，被分割爲個個的地區的事，決沒有說這些地區，是屬於個個的家族的。十七世紀還有一個著作家諾克斯(Knox)說，在韋陀族那里，森林之中，『有劃分犋的境界』，而且『隊伍當狩獵及採取果實之際，越出這些境界，是不行的。』

這里所說的，是關於隊伍，並非關於個別底的家族。所以我們只好推定，諾克斯之所指，不是屬於個別底的家族，而是屬於多少總有點大的血族結合的地區的境界了。其次，薩拉辛又引證着英國人丁南德，然而丁南德究竟怎麼說呢？他說，韋陀族的領域，是被分割於氏族間（Clans of families associated by relationship)的。(註一)

(註一) Ceylon, an account of the Island etc., London 1880, vol. II, p. 440.

氏族和個別底的家族——不是同一的東西。不消說，韋陀族的氏族，是並不大的。丁南德率直地稱之爲小氏族——small clans。血族結合，在韋陀族所站的那生產力低的發展階段上，是不會大起來的。然而問題並不在這里。當此之際，在我們算是重要者，不是知道韋陀族的氏族的大小，而是知道牠在這種族的個別底的個人的生存之中所演的那職務，能說這職務等於零，氏族並不輕減各個人的生存麼？全然不能的！韋陀族的血族結合，彷徨於自己的首長等的指揮之下的事，是爲世所知的。在宿營地也一樣，少年和青年睡在指導者的周圍，氏族的成年的諸成員又在那周圍，這樣地形成着防衛他們爲敵所襲擊的活的鎖鍊，以就位置的事，是爲世所知的。(註二)仗這習慣，而各個人的生存，全種族的生存，都得非常地輕減，乃是無疑的事。由於別的種種的連帶的顯現，而得到輕減，也不下於此。就是，例如寡婦，在他們那里，卽從入於氏族之手的一切東西中，領取她自己的一份。（註二）

（註一）丁南德，上揭書，第二卷，四四一頁。

（註二）丁南德，上揭書，第二卷，四四五頁。在韋陀族之間，行着單婚俗，是人所知道的事。

倘若他們那里，毫無什麼社會底結合，又倘若他們那里，惟專事『食料的個人底的搜索』，則失了自己的丈夫的維持的女人們，不消說，就要交給全然兩樣的運命了。

在終結韋陀族的事情之前，再添說一點事，他們是也和薄墟曼一樣，爲了自己本身的使用，又爲了和近鄰的種族的交易，都在作肉類和別的狩獵產物的貯蓄的。（註一）甲必丹・里培羅竟至於斷言，韋陀族決不將生肉入口，他們將這細細地撕開，藏在樹孔中，經過一年，這纔取用。（註二）大約這是誇張的。但總之，我再希望你注意，韋陀族也如薄墟曼一樣，用了自己的例子，將野蠻人不作貯蓄這一個畢海爾的意見斷然推翻了。而貯蓄的準備，據畢海爾，豈不是最不可疑的經濟的特徵之一麼？

（註一）丁南德，上揭書，第二卷，四四〇頁。

（註二）Histoire de l'isle de Ceylon, écrite par le Captaine J. Ribeiro et présentée au roi de Portugal en 1685, trad. par Mr. l'abbé Legrand, Amsterdam MDCC XIX, p. 179.

安大曼羣島的住民明可皮（註一），在那文化底發展上，雖略優於韋陀族，但他們也成着氏族而生活，并且屢屢計畫社會底狩獵。由獨身青年所捕獲的一切，均爲共有財產，聽氏族的首長等的指揮來分配。雖是未曾參與狩獵的人們，也仍然領得獲物的一份，因爲認爲是別的什麼爲全共同體的利益而做的勞動，妨礙了他們去打獵了。回營之後，獵人們圍火而坐，其時卽開始酒宴；跳舞和唱歌。在酒宴中，狩獵時很少殺得獲物的不成功者，甚至於連消遣自己的時光於安逸中的單單的游惰者，也都得參加進去。（註二）一切這些，可與「食料的個人底的搜索」相像麼，而且從這一切事，能說在明可皮那里，血族結合並未輕減各個人的生存麼？不！却相反，不能不說關於明可皮的生活的經驗底材料，和我們所知的畢海爾的「圖畫」，是全不相合的。

（註一）倫敦的 Nature 雜誌上，曾經發表過一篇論文，主張着有時以稱安大曼島的土人的「明可皮」這名目，毫無根據，在土人們，在他們的鄰人們，都所不用云。

（註二）C. H. Man, On the Aboriginal inhabitants of the Andaman Islands

Journal of the Anthropological Institute of Great-Britain and Island, vol XII, p.363.

爲要使低級的狩獵種族的生活，顯出特色來，畢海爾還從夏甸培克借用着飛獵濱羣島的內格黎多的生活樣式的敍述。但是，注意甚深地全讀了夏甸培克的論文（註一）的人，便會相信內格黎多也並非個別底地，而是仗着血族結合的被結合了的力量，在作生存競爭的罷。夏甸培克引用了那證言的一個西班牙的教士說，在內格黎多那里，是『父，母和孩子們各攜自己的弓矢，一同去打獵』的。以這事爲基礎，則他們的並非孤立底不竢言，卽成爲小家族而生活着的事，也可以想見。然而這也不對的。內格黎多的『家族』是擁有二十人至八十人的血族結合。（註二）這樣的成團的諸成員，在選定宿營的處所，決定行軍開始的時期等事的首長的指導之下，一同彷徨。白天則老人，傷病人，孩子們等，坐在大的篝火的周圍。這時候，氏族的健康而成年的成員們，便在森林中打獵。一到夜，他們卽都環了這火，睡在地面上。（註三）

（註一）Ueber die Negritos der Philippinen in Zeitschrift für Ethnologie, B. XII.

（註二）據夏甸培克的話，則——二十至三十人；據特•略•什羅見村的話，則——六十至八十人。（可看 George Windson Earle, The native races of the Indian Archipelago, London 853, p. 133.)

（註三）Earle, Op. cit. p. 131.

然而，往往孩子們也去打獵，而同樣地——對於這，雖然非大加注意不可——連女人，這樣之際，他們全體都去，『像要作猛烈的襲擊的烏蘭丹猿羣一般』。（註一）在這里，我也全然看不到『食料的個人底的搜索』。

（註一）Earle ibid, p. 134.

站在同一的發展階段上的，有在比較地最近時候成了多少足以相信的觀察的對象的中央亞非利加的畢格眉族。由最近的研究者們所搜集的關於他們的全部「經驗底材料」是決定底地推翻「食料的個人底的搜索」的學說的。他們協同而狩獵野獸，協同而掠奪近鄰的土人的農場。「在男人們做着哨兵，必要時便從事於戰爭之間，女人們則撈集獲物，細束起來，而且將這運走。」(註一)在這里，不是**個人主義**，連**協作和分工**也有了。

(註一) Caetano Casati, Dix années en Equatoria, Paris 1892, p. 116.

關於巴西的皤多庫陀，關於澳洲的土人，我將不再說及。為什麼呢，因為講到他們，我就不能不複述關於別的許多低級的狩獵人的事了。(註一)還是將視角轉到那已經到達了生產力較高的發達階段的原始民族的生活去，更為有益罷。這樣的民族，在美洲很有許多。

（註一）關于澳洲的土人，聲明下列的一件事在這里。就是，依畢海爾的觀點，則他們的社會關係，是幾乎不配稱社會底結合這個名目的，然而不為先入之見所祟的研究者，却說着全然別樣的事。例如 "An Australian tribe is an organized society, governed by strict customary laws, which are administered by the headman or rulers of the various sections of the Community who exercise their autority after consultation among themselves." etc. The Kamil.rai class system of the Australian Aborigenes, by R. H. Mathews in Proceedings and Transactions of the Queensland Branch of Royal Geographical Society of Australasia, vol. X, Brisbone 1895.

北美洲的印地安人，是成着氏族而生活的，而逐出氏族，在他們那里，則顯現為僅以處置最重大的犯罪者的極刑。（註一）即此一事，就已經在分明指示，他們和畢海爾以為成着原始種族的特性的個人主義，無關係到怎樣程度了。在他們那里，氏族的顯現，是作爲土地所有者，也作爲立法者，也作爲對於侵害個人權利的複讎者，許多際會，還作爲那（個人的）後繼者的。氏族的全勢力全活力，繫於那成員的數目。所以各成員的死亡，其於一切生存者們，算是很大的損害。氏族竭力招引新的成員，到自己的一夥中來，以彌補這樣的損害。在北美洲的印地安人之間，贅壻是極其普及的。（註二）這在他們那里，便是由所與的團體的共力而行的生存競爭之所含的那重要的意義的通報者。然而因自己的先入之見，被領進迷妄中去了的畢海爾，却在那裏面，不過僅看見了原始民族的父母底感情的微弱的發達的證據。（註三）

（註一）關于驅逐出族的事，可看波惠勒的 Wyandos government in First annual Report of the Bureau of Ethnology to the Smithsonian Institutions, p. p. 67– 68.

（註二） 參照 Lafitan, Les Moeurs des sauvages américains, t. 2, p. 163. 並參照波嘉勃的第一章六八頁。關于愛斯吉摩人的招贅，可看 Franz Boas, The Central Eskimo in Sixth Report of the Bureau of Ethnology, p. 580.

（註三） M・M・珂瓦列夫斯基指出了在斯瓦內得族之間，贅壻制度的微弱的發達之後，說道，這事實，是可以由氏族制度之鞏固來說明的。（高加索的法律與習慣，第二卷，四二五頁。）但在北美洲的印地安和愛斯吉摩人那里，則血族結合的無疑的鞏固，並不妨礙招贅的強有力的發達。（關于愛斯吉摩人，可看John Morloch: Ethnological Results of the Point Barrom-Expedition in Ninth annual Report of the Bureau of Ethnology, p. 417.）由此不能不說，倘若斯瓦內得族並不很行招贅，則這說明還當求之什麼別的事，而決不能尋求于氏族的鞏固之中的。

藉共同之力的這樣的生存競爭在他們的重要的意義，由社會底狩獵和打漁之非常廣行於他們之間的事，也可以作為證據。（註一）但是，這樣的打漁和狩獵，在南美洲的印地安那里，想來是行得還要普遍的。作爲那例子，就舉依望・覃・斯泰南的話，則常常企圖極長期間的協同底狩獵，僅靠種族的男性成員的不斷的協作，以維持其生存的巴西的皤羅羅族能。（註一）倘有人說，在美洲印地安的生活上，社會底狩獵之獲得了極重要的意義，乃只在這些印地安已經抛棄了狩獵生活的最低階段之後，那是非常錯誤的。作爲新世界的土人之所做的最重要的文化底獲得之一，不消說，必須用了多少熱心和忍耐，去認識他們種族中的極多數人所正在經營的農業。但農業只能夠削弱狩獵在他們生活上的一般的意義，因而部分底地，也削弱了由多數成員的結合的力的狩獵的意義。所以，印地安的社會底狩獵，是應該作爲狩獵生活的自然底，且最特徵底的產物，而加以觀察的。

（註一） 參照()・J・凱忒林的爲了野牛的社會底狩獵的敍述罷，Letters and Notes on

the Menners and Condition of the North American Indians, London 1842, t. I, p. 199 及以下。

註二) Unter den Naturvölkern Zentral-Brasilliens, Berlin 1894, S. 481: "Der Lebensunterhaft konnte nur erhalten werden durch die geschlossene Gemeinsamkeit der Mehrheit der Männer, die vielfach lange Zeit miteinander auf Jagd abwesende sein musste, was für den Einzelnen undurchfürbran gewesen wäre."

然而農業也並不縮小美洲的原始種族的生活上的協作的範圍。決不的！縱使和農業的發生一同，社會底狩獵會失掉那重要性到或一程度，然而土地的開墾，却爲協作另行創造了新的，而且非常廣泛的領域。在美洲印地安那里，土地由農業勞動之擔當者的女人們的共力而被開墾（或者，至少，是在被開墾了）。這個指示，在拉斐多那里已經可以看見。（註一）現代的亞美利加的人種學，關於這點，已不留絲毫的疑義了，來引用上文引證過的波惠勒的研究——"The Wyandot government" 罷。『土地的開墾，在他們那里，是社會底的，——波惠勒說，——就是，一切適於勞動的女人們，從事於各個家族的土地的開墾。』(註二)我是還能夠引許多例，來證示社會底勞動在世界別的各部分的原始民族的生活上的重要的意義的。但紙面的不足，却使我只得引證了行於紐西蘭的土人之間的社會底捕漁就完事。

(註一) Moeurs des sauvages. II, 77. 參照海克威理兌爾的——Histoire des Indiens, etc, p. 233.

(註二) 土地並非成爲箇別底的家族的財產，不過爲他們所利用而已，這是由氏族會議分給他們的，將這事附說於此，恐怕已是多事了罷，順便說一句，那會議，是由女人們所成立的。Powell, ibid, p. 65.

紐西蘭的土人們，藉全血族結合所結合的力，製作數千英尺之長的漁網，而且爲了氏族的全成員的利益，來利用牠。『相互扶助的這體系——波爾略克說，——想來是定基於他們的全原始底社會構成之上，而從天地創造（from the creation）就存在，直到我們的時代的。』（註一）要給畢海爾所描寫的野蠻生活的圖畫以批判底評價，我以爲這就很夠了。事實以十分的確信在顯示，野蠻人那里，非如畢海爾所言，是食料的個人底的搜索，却如站在N·I·治培爾以及M·M·珂瓦列夫斯基的立場的著作者們說過那樣，仗着全——多少有點廣泛的，——血族結合的結合了的力的生存競爭，而占優勝的。這結論，在關於藝術的我們的研究，非常地，而又非常地有益於我們。我們應該將這牢牢記住。

（註一） Manners and Customs of the New-Zealanders, vol. II, p. 107.

那麽，往前去罷。人們的性質的全形姿，是自然底地，而又不可避底地，爲他們的生活樣式所規定的。倘若野蠻人那里，爲『食料的個人底的搜索』所支配，則他們不消說，該是麥克斯·斯諦納爾的有名的理想的化身似的，最完全的個人主義者和利己主義者了。畢海爾是理解他們爲這樣的人的。『支配着動物的生存維持，——他說，——一樣地作爲野蠻人的主要的本能底衝動而發現。這本能的活動，空間底地，是被限制於個別底的諸個人，時間底地，——則被限制於感到要求的一瞬息。換句話，就是野蠻人只在想自己的事，他又只在想現在的事。』（註一）

（註一）『四概要』七九頁。

我在這里，也不問這樣的圖畫，是否合你的意，但要問事實和這不相矛盾麽，或是如何。以我的意見——是全然相矛盾的。

第一，我們已經知道，雖在最低級的狩獵種族，也知從事貯蓄。這就在證明他們對於未來的顧慮，也未必是無關心的。況且卽使他們並不貯蓄，但只此一端，怕也還不能說他們是只想現在的能。爲什麼野蠻人在成功底的狩獵之後，也還保存着自己的武器呢？就因爲他們想到關於未來的狩獵以及和敵手的未來的衝突的緣故。而蠻族的女人們，當由一處向別處的不絕的移動之際，負在自己的背上而去的囊呵！對於野蠻人的經濟底先見之明，想有頗高的意見，雖是極其表面底的，但只要知道這些囊子的內容，就很夠了。那裏面，是什麼都有的！你在那里會發見用以研碎食用植物的根的扁平石塊，用以切碎東西的石英的碎片，槍的石鋒，豫備的石斧，更格盧的腱所做的繩，袋鼠的毛皮，各種粘土的顏料，樹皮，燒肉的一片，沿途所採的果實和植物的根的罷。（註一）這就是全部經濟！倘使野蠻人並不想到明天，他爲什麼要使自己的妻背着一切這些物件走呢？自然，從歐洲人的觀點來看，澳洲的女土人的經濟，是可憐得很，然而，一切，是相對底的，如在歷史通體上一樣，部分底地，則在經濟的歷史上也如此。

（註1）可參照 Ratzel. Völkerkunde, I Band, S. 320-321.

但是，當此之際，於我興味較多的，是問題的心理底方面。

因爲在原始社會裏，食料的個人底的搜索，決不作爲專主底的事而出現的緣故，所以卽使野蠻人完全不是畢海爾所想像那樣的個人主義者和利己主義者，也無足怪的。這事，從最足相信的觀察者的最確的證言來看，就很分明。舉出那兩三個明顯的例子在下面。

「就食料而言，」——藹連賴息敍述噃多庫陀道，——在他們那里，是行着最嚴緊的共產主義的。獲物被分配於氏族的全成員間，恰如他們所得的餽贈也全然如此一樣，縱使那時各成員只領到極少的一點。』（註一）在遏斯吉摩那里，我們也看見一樣的事，在他們那里，據克柳卻克的話，則貯藏的食料和其他的動產，是成着一種共有財產似的東西的。『在陣營內，只要有一片肉，那也爲大家所公有，而當分配之際，則一切人們都被顧及，尤其是病人和無子的寡婦。』（註二）克柳卻克的這證言，和將遏斯吉摩的生活，特加襯托爲極近於共產主義的別一個遏斯吉摩研究者克朗支的更早的證言，是又全相一致的。擕了好的獲物歸家的狩獵者，一定和別的人們剖分，而首先是和貧窮的寡婦。（註三）各個遏斯吉摩，大都很知道自己的家系。而這知識，是給貧困者以大利益的。爲什麽呢，因爲誰也不以自己的貧窮的親屬爲羞，所以無論誰，只要證明任何富裕者和自己之間的雖是非常之遠的血族關係，也就不至於缺乏食物了。（註四）

(註一) Ueber die Botocudos der brasilischen Provinzen Espiritu Santo und Monos Gezes. Zeitschrift für Ethnologie. Band XIX, S. 31.

(註二) Als Eskimo unter den Eskimos von H. Klutschak. Wien Pest, Leipzig 1881. S, 233.

(註三) Kranz, Historie von Grönland. 1770. B. I, S. 222.

(註四) L. c., B. I, S. 291.

最近的亞美利加的人種學者，例如波亞斯，也指摘着遏斯吉摩的這性質。(註一)

(註一) Franz Boas. The central Eskimo. Sixth annual Report of the Bureau of Ethnology, p. 564, 582.

在先前，研究者寫成了極端的個人主義者的澳洲的土人，經對於他們的詳細的研究之後，在全然別樣的光中出現了。烈多爾諾說，在他們那里——在血族結合的範圍內——是一切物品，屬於一切人們的。（註一）這命題，不消說，只可以 cum grano salis （打些折扣）地認取，爲什麼呢，因爲在澳洲的土人那里，已有私有財產的不可疑的端緒了。然而從私有財產的端緒，到畢海爾所說的個人主義，是還很遼遠的。

（註一）L' Evolution de la propriété. Paris 1889, p.p. 36, 49.

而且那烈多爾諾，還據了法益生和輝忒的話，詳細地敍述着施行於或一澳洲種族之間的關於分配獲物的規則。（註一）

（註一）L. c., p.p. 41—46.

和氏族制度關聯緊密的這些的規則，由其存在，即在顯示澳洲的血族結合的各個成員的獲物，並未成爲他們的私有財產。假使澳洲的土人，是專從事於「食料的個人底的搜索」的個人主義者，則獲物必將成爲各個成員的無限制的私有財產了。

低級的狩獵人的社會底本能，有時會生出在歐洲人，是頗爲意外的結果。就是，一個薄墟曼從任何農人或牧人那里，偷到了一頭以至數頭的家畜的時候，則別的一切薄墟曼，普通都以爲有參加爲這種勇敢的冒險而設的酒宴的權利的。（註一）

（註一） Lichtenstein. Reisen, II, 338.

原始共產主義底本能，是在文化底發展較高的階段上，也被保存得頗久的。現代的亞美利加的人種學者，將美洲印地安描寫爲眞正的共產主義者。我所已曾引用了的北美人種學協會的會長波惠勒也嘗斷言，在美洲印地安那里，一切財產(all property)，屬於氏族(gens or clan)，而那最爲重要種類的食料——則無論如何 (by no means)，不歸各個人以及家族的特殊底的處置。狩獵時所殺的動物的肉，在各種的種族裏，是照了各種的規則來分配的。但在實際上，一切這些種種規則之所歸結之處，一樣地是獲物的平等底分配。

飢餓的印地安要受布施，卽使積蓄怎樣少（在施與者那里），又卽使對於未來的希望怎樣壞，只是求乞，也足夠了。」（註一）而且要注意：受施者的權利，當此之際，是不限於一血族結合內或一種族內的。」最初是置基礎於血族結合上的權利，但後來擴大爲較廣的範圍，於是轉化到全無限制的款待了。」（註二）從陀爾紱的話，我們知道，渥茅族的印地安那里有許多麥，而反之，磅卡族或拋尼族覺得不夠的時候，前者便將自己的貯蓄分配給後者，渥茅族那里麥有不足的時候，拋尼族和磅卡族也做同樣的事。（註三）這種可以稱讚的習慣，是老拉斐多也已經指點了的，那時候，他還正當地添說道，「歐洲人並不這樣做」。（註四）

（註一）Indian Linguistic Families, Seventh Annual Report of the Bureau of Ethnology. p. 34. 在這里，再附記一件事，據瑪蒂爾達．司提芬生的意見，則在美洲印地安那里，當分配獲物之際，強者是並不比弱者有什麼優越的。

（註二）Powell. Op. cit., p. 34.

（註三）Omaha Sociology, by Owen Dorsey. Third annual Report of the Bureau of Ethnology, p. 274.

（註四）Lafitan, Moeurs des sauvages. t. II, p. 91.

關於南美洲的印地安，則指出瑪喬斯和望．覃．斯泰南來就夠了。據前一人的話，在巴西的印地安那里，是由共同體的多數成員的結合了的勞動所生產的對象，形成着這些成員的共有財產，但據後一人的話——則他所曾經大加研究的巴西的跋卡黎族，是將狩獵或打漁所得的獲物，恰如一家族似的不絕地互相分配而生活的。（註一）在皤羅羅族那里，殺了虎的狩獵者，是招集了別的狩獵者們，和他們共啖死獸的肉，那皮和齒，則送給和共同體中最近時死亡了的成員有最近的關係者。（註二）

（註一）Von-den-Steinen. Unter den Naturvölkern Zentral-Brasiliens. S. 67—68.

Marzius, Von den Rechtzustande unter Ureinwohnern-Brasiliens. S. 35.

（註二）Von-der-Steinen, ibid., S. 491.

在南美洲的印地安那里，狩獵者沒有自己任意地處分自己的獲物的權利，必須和別的人們同分。（註一）他們中的一人屠一公牛時，幾乎一切鄰人都聚到他那里去，而且一直坐到喫完所有的肉。連『國王』也遵這習慣，很有耐性地款待自己的臣民。（註二）歐洲人並不這樣做，——我來複述拉斐多的所說罷！

（註一）Lichtenstein, Reisen, I, 444

(註二) L. c., I, 450.

我們已經由藹連賴息的話，知道皤多庫陀得到什麽餽贈的時候，他便將這分給自己的氏族的一切的成員。達爾文關於火島的土人，(註一)力錫典斯坦因關於南美洲的原始民族，也說着和這一樣的事。據這最後一人的話，則不將自己的餽贈品，分給別的人們者，在那地方，是要受最侮辱底的輕蔑的。(註二)薩拉辛將銀幣給與一個韋陀族人時，他取自己的斧，裝作將這細細砍碎的樣子，在這表現底的手勢之後，他便討乞再給他別的銀幣，使他可以也分給另外的人們。(註三)培喬安人的王謨里額凡格，曾向力錫典斯坦因的同伴之一，請求祕密地給他贈品，因爲倘不然，黑人王便非將這和自己的臣民共分不可的。(註四)諾爾罩希勒特說，當訪問焦克謡族時，這種族中的一個少年得到一塊白糖的時候，這美味就立刻從一人的嘴向別人的嘴移轉過去了。(註五)

（註一） Journal of Researches etc., p. 242.

（註二） Reisen, I, S. 450

（註三） Die Weddas von Ceylon. S. 560.

（註四） Lichtenstein, ibid., II, S. S. 479—480.

（註五） Die Umsegelung Asiens und der Vega. Leipzig 1882, II Band, S. 139.

已經很夠了。說野蠻人只在想自己的事的時候，畢海爾是犯着大大的錯誤的。現代的人種學之所有的經驗底材料，關於這點，已不留些微的疑義了。所以我們現在能夠從事實移到假定，并且這樣地來問自己道，連火和武器的使用也還未知道那樣，離我們非常之遠的時代的，我們的野蠻的祖先的相互關係，應當怎樣地來想像呢？我們有什麼根據，可以設想爲在這時代，個人主義在支配着，而且各個人的生存，那時毫不因社會底共同而輕減呢？

在我，却以爲可以這樣設想的我們，是什麼根據也沒有的。我所知道的關於舊世界的猿類的習性的一切，使我以爲我們的祖先雖在他們還僅是『類似』人類的時代，也已經是社會底動物。藹思披那斯說，『猿羣和別的動物羣之不同，第一，是因爲各個之間的相互扶助或那成員的共同，第二是——因爲一切個體，雖是雄的，也都從屬或服從那顧慮着一般底幸福的指導者。』（註一）這已經就是在完全的意義上的社會底結合了。

（註一）Les société animals, deuxieme édition. Paris 1878, p 502.

誠然，大類人猿，對於社會底生活似乎並無大傾向。然而稱牠們爲完全的個人主義者，也還是不可能的。牠們之中的有一些，往往聚在一處，叩空樹而合唱。條·沙留曾經遇見八頭至十頭的戈理拉羣，一百至一百五十頭所成的長臂猿的羣，是人所知道的。如果烏蘭丹是成着個別底的小家族而生活着的，則我們當此之際，應該念及這動物的生存的特殊底的條件。類人猿現今是在不能繼續生存競爭的狀態中了。他們正在絕滅下去，正在減少下去，所以，——如託畢那爾竟正當地指出了那樣，——牠們現在的生活樣式，毫不能給我們以關於牠們先前是怎樣地生活了的什麼概念。（註一）

（註一） L'Anthropologie et la science sociale. Paris 1900, p. p. 122—123.

總之，達爾文是確信我們的類人猿底祖先，是成着社會而生活的，（註二）而我也不知道有一個證據，能使我們認定這確信爲錯誤。但倘若我們的類人猿底祖先，果是成着社會而生活了的，則那是在什麼時候呢？是在最遠的動物底發達的怎樣的瞬間呢，而且什麼緣故。他們的社會底本能，非將那地位讓給好像爲原始人所特有的個人主義不可了呢？我不知道。畢海爾也不知道。至少，關於這事，他完全沒有將什麼告訴我們。

（註一） The Descent of man. 1883, p. 502.

所以，他的見解，我們是見得用事實底的材料，或由假定底的考察，都一樣地不能確證的。

再論原始民族的藝術

經濟怎樣地從食料的個人底的搜索而發達了的呢？關於這事，若依畢海爾的意見，則我們在今日幾乎不能構成什麼概念。但倘將食料的搜索，太初並非個人底，乃是社會底的事，放在考慮裏，那麼，我想，我們纔能構成這樣的概念。人們在太初，像社會底動物的『搜索』食料一樣，『搜索了』食料，就是，多少有些廣泛的團體的結合了的力，向了太初自然所完成了的產物的領有了。我於前一信裏，引在上面了的耶爾，正當地取了特·略·什羅涅爾的話，說道，內格黎多舉全氏族以赴狩獵的時候，他們令人想起企圖着猛烈的襲擊的為蘭丹猿羣來。阿卡族的畢格眉人之憑了結合的力以行上述的掠奪農場時，也令人想起同樣的襲擊。倘若可以算是在經濟之下的人們的協同底的活動，則惟這向於生活資料之獲得的這樣的襲擊，正應該是經濟底活動的最太初底的形式之一了。

生活資料之獲得的太初底的形式，是**自然所完成了的產物之採取**。（註一）這採取的事，不消說，被區分為幾類，打漁和狩獵，便是其一。**採取**之後，乃有**生產**，有時候——例如我們在原始農業的歷史上之所見那樣——和幾乎眼不能見的推移的一系列，聯結起來。農業是——雖是最原始底——不消說，已經有着經濟底活動的一切的特徵的。（註二）

（註一）"Das Sammelvolk und nicht das J. gervolk müsste danach an den untern Ende einer wirtschaftlichen Stufenleiter der Menschheit stehen".——般柯夫正當地在 Zeitschrift der Gesel'schaft für Erdkunde Zu Berlin, Band XXX, No.

3. S. 162 上說。薩拉辛也有同樣的見解。據他們的意見，則狩獵是惟在比較地高的發達階段上，作為重要的食料獲得的手段而出現的。 Die Weddas, S.401.

(註二) 經濟底活動的特徵，同樣地在澳洲土人的或一種習慣之中，也可以看見。這也證明着他們也在想到未來。在他們那里，將那果實為他們所食的植物，連根拔取，蛋為他們所食的鳥巢，加以毀壞，是都被禁止的。 Ratzel, Anthropo-Geographie, I, 348.

但因為太初土地的開墾，由血族結合的共同之力而施行者最多，所以在這里，就有很好的例子，為你明示原始人從自己的食人祖先作為遺產而繼承了的社會底本能，能夠在他的經濟底活動之中，看出那廣泛的適用是怎樣。這些本能的後來的運命，是被人們居於——不絕地在變動的——這活動上，或如馬克斯所說，則居於自己的生活的生產過程上的相互關係所決定了。一切這事，是自然到不能更加自然的。所以我不能懂得，發展的自然底的行程的不可解的方面，是在那里。

但是，請等一等罷。

據畢海爾，則困難是在下面的事。『假定如下，是頗爲自然的罷，——他說，——就是，這變革（從食料的個人底的搜索到經濟的推移），是開始於爲了直接使用而起的自然產物的簡單的領有之處，發生了向於較遠的目的的生產，有着意識底的目的的使用體力的勞動，占了諸器官的本能底的活動的地位的時候的，然而，縱使設定了這樣的純理論底的命題，而我們之所得，蓋仍然殊少。出現於原始民族那里的勞動，是頗爲漠然的現象。我們愈接近那發達的始發點去，則牠在那形式上，又在那內容上，便也都愈近於游戲』（註一）

（註一）『四概要』九二至九三頁。

就這樣，有妨於懂得從食料的單純的搜索到經濟底活動的推移的障礙，即在勞動和游戲之間，不能容易地劃出界線。

關於勞動對於游戲的——或者要這樣說，則曰游戲對於勞動的——關係的問題的解決，於究明藝術的起源上，是極爲重要的。所以我希望你用心傾聽，努力研尋於畢海爾就此而言的一切。使他自己來述自己的見解罷。

『人類當脫離食料的單純的搜索的範圍時，想來也是被見於各種高等動物的一樣的諸本能，尤其是模倣的本能和對於一切經驗的本能底傾向所鼓舞的。例如家畜的飼養，非從有用動物，而從人類只爲滿足自己而飼養者開端。工藝的發達則分明無論那里，都始於彩塗身體，文身，身體各部分的穿孔或毀傷，後來逐漸成爲裝飾品，假面，木版畫：畫文字，等等的製作……。這樣，而技術底熟練，由游戲而完成，并且不過是逐漸底地至於得到了有益的適用。所以先前所採用的發展階段的次序，是應該用正相反對的東西來代換的，就是，游

戲古於勞動，藝術古於有用的對象的生產。』〔註一〕

〔註一〕『四概要』九三至九四頁。

你聽，遊戲古於勞動，藝術古於有益的對象的生產云。

現在你明白為什麼我希望注意甚深地以對畢海爾的話〔之故〕了，凡那些，於我所正在擁護的歷史理論，是有最接近的關係的。倘若在事實上，遊戲比勞動古，又倘若在事實上，藝術比有用的對象的生產古，則歷史的唯物論底解釋，至少在『資本論』的作者所給與的那形式上，該將禁不起事實的批判，我的一切論議，因此也就非下文似的改正不可，就是，我應該不講藝術依附於經濟，而講經濟依附於藝術了。但是，畢海爾是對的麼？

最初，先來檢討就游戲而言的事，關於藝術，則到後來再說罷。

據斯賓塞，則游戲的為主的特殊底的特徵，是對於維持生活所必要的歷程，直接地是並不加以作用的那事情。游戲者的活動，並不追求一定的功利底的目的。誠然，由游戲所致的運動的諸器官的練習，於正在游戲的個人有益，一樣地於全種族，到底也是有益的。然而，練習也不被追求功利底的目的的活動所排除。問題並不在練習上，乃在功利底的活動，於練習和由此所獲的滿足之外，還引向什麽實際的目的——譬如得到食料的目的——的達成，而游戲却相反，欠缺着這樣的目的的事。猫捕鼠時，牠於練習牠的諸器官而得的滿足之外，還收到美味的食物，但當同是這猫在追逐滾在地板上的線團時，他却除了由游戲所致的滿足而外，一無所得。然而，倘若這是如此的，那麽，這樣的無目的的活動，怎麽會發生了的呢？

對於這個，斯賓塞怎樣地回答，是大都知道的。在下等動物，有機體的全力，盡被支出於維持生活所必要的行爲的實現。下等動物，是只知道功利底的活動的。但在動物底階段的較高的階段，事態就早不如此。在這里，全部的力，不被功利底的活動所併吞。作爲較好的營養的結果，在有機體中，蓄積着正在尋求出路的一種力的餘剩，而動物游戲的時候，——即正是在依照這要求。游戲者，是人工底的力的練習。（註一）

（註一）可參照『心理學的基礎』，聖彼得堡，一八七六年，第四卷，三三〇頁及以下。

這樣的，是游戲的起源。但那內容，是怎樣的呢？倘以爲動物之於游戲，是在練習自己的力的，則爲什麽或種動物，將這用或種特定的這模樣地，而別的動物——不是這模樣地，來練習的呢，爲什麽在種類不同的動物之間，特有不同的游戲的呢？

據斯賓塞的話，則肉食動物分明示給我們，牠們的游戲，是由模擬狩獵和模擬爭鬬而成的。那全體，除了『追蹑獲物的戲曲底扮演，卽在欠缺那現實底的滿足之際的，破壞底本能的觀念底的滿足之外，什麼』也沒有。（註一）這是什麼意思呢？這就是動物的游戲，爲藉其佐助而牠們的生活得以維持的活動所規定的意思。那麼，什麼先於什麼呢，游戲——先於功利底的活動，還是功利底的活動——先於游戲呢？功利底的活動先於游戲，前者更『古』於後者，是明明白白的。但我們在人們中，又看見什麼？兒童的『游戲』玩傀儡，扮主客，以及其他——是成年者的活動的戲曲底扮演。（註二）然而成年者在自己的活動上，又在追求着怎樣的目的呢？最多的時候，他們是在追求着功利底的目的的。這就是在人類中，也是追求功利底的目的的活動，換言之，即維持個人和社會全體的生活所必要的活動，先於游戲，且又規定其內容的意思。像這樣的，便是從斯賓塞的關於游戲之所說，論理底地生發出來的結論。

（註一）同上，三三頁。

（註二）同上，同頁。

這論理底的結論，和威廉・洪德對於同一對象的見解，是全然一致的。『游戲是勞動的孩子，——有名的心理・生理學者說。——這是自明的事，在時間底地先行的認眞的勤勞的任何形式中，沒有本身的模型的那樣游戲，是任何形態也不存在的。蓋生活底必然性，是強制勞動的，而人在勞動中，逐漸領會了將自己之力的實際底的行使，看作滿足的事。』（註一）

（註一）Ethik, Stuttgart 1886, S. 145.

游戲，是由於要將力的實際底行使所得的滿足，再來經驗一回的衝動而產生的。所以力的蓄積愈大，游戲衝動就也愈大，但不消說，這以外，是在一樣的條件之下的。比相信這個更容易的事，再也沒有了。

在這里，也和在各處相同，我將舉了例子，來證明而且說明自己的思想。

如大家所知道，野蠻人在自己們的跳舞中，往往再現各種動物的運動。

（註一）藉什麽來說明這事呢？除了要將狩獵之際，由力的行使所得的滿足，再來經驗一回的衝動以外，更無什麽東西了。看看遏斯吉摩的狩獵海豹罷，他爬近牠去，他像海豹的昂着頭照樣地，竭力抬了頭，他模倣牠一切的舉動，待到悄悄地接近了牠們之後，纔下狙擊的决心。（註二）模倣動物的態度的事，是這樣地成着狩獵的最本質底的部分的。所以狩獵者發生慾望，要再來經驗狩獵中由力的行使所得的滿足的時候，則重復模倣動物的態度，於是遂創造了自己的獨創底的狩獵人的跳舞，是不足爲異的。然而當此之際，跳舞，即游戲的性質，是被什麽所規定的呢？是被認眞的勤勞，即狩獵的性質所規定的。游戲是勞動的孩子，後者時間底地一定不得不較前者先行。

（註一） "So sprachen sie von einem Affentanz, einem Faultiertanz, einem Vogeltans u. s. w." Schomburg. Reisen in British Guiana. Leipzig 1847. Erster Theil S. 154.

（註二） 參照克朗支的 Historie von Grönland, I, 207.

別的例。望・覃・斯泰南在巴西的一個種族那里，曾經見了用震撼底的演劇手段，來描寫負傷了的戰士之死的跳舞。（註一）你以爲怎樣，這之際，什麼先於什麼呢，戰爭先於跳舞，還是跳舞先於戰爭呢？我想，是最初有了戰爭，後來纔發生了描寫戰爭的各種光景的跳舞，最初有了由在戰場上受傷的他的戰友之死，惹起於野蠻人的內部的印象，而後來乃發現將這印象，由跳舞來再現的衝動，倘若我是對的，——但我自信是對的，——則我在這里，也有十足的根據來說，追求功利底的目的的活動，古於游戲，所以游戲是牠的孩子。

（註一） Unter den Naturvölkern Brasiliens, S. 324.

畢海爾會說，戰爭和狩獵，在原始人，都是娛樂，即游戲，而不是勞動，也未可料的。但是，說這樣的話者，乃是玩弄言詞的人。在低級的狩獵種族所站的那發展階級上，爲了維持狩獵人的生存，又爲了他的自衞，狩獵和戰爭都是必要不可缺的活動。那兩者之一，都全然在追求一定的功利底的目的，所以將兩者和正以欠缺這樣的目的爲特色的游戲看作一律，是惟有太甚而且幾乎是意識底的用語的濫用，這纔可能。不獨此也，野蠻生活的研究者，還說是野蠻人決不爲了單單的滿足而行狩獵云。（註一）

（註一） "The Indian never hunted game for sport." Dorsey, Omaha-Sociology. Third annual Report, p. 267. 海爾瓦勒特的 "Die Jagd ist aber zugleich an und für sich Arbeit, eine Anspannung physischer Kräfte und dass sie als Arbeit nicht etwas als Vergnügen von den wirklichen Jagdstämmen aufgefasst wird, daruber sind wirest kürzlich belehrt worden." Kulturgeschichte. Augsburg 1876. I, S. 109.

但是，來舉關於我在擁護的見解之正確，早沒有什麼疑惑的餘地的第三個例子罷。

在先，我將社會底勞動在和狩獵一同，也在從事農業的原始民族的生活上的重大的意義，加以指摘了。現在我希望你注意於南明大瑙的土人種族之一——排戈皤斯族那里，行着社會底的開墾的事。在他們那里，男女都從事於農業。種稻之日，男人們和女人們從早晨聚在一處，開手工作。男人們走在先頭，并且跳舞着，將鐵的踏鍬插入地裏去。此後跟着女人們，將稻種拋入男人們所挖的窪中，於是用土蓋在那上面。一切這些，都做得認眞而且隆重

的。（註一）

（註一）Die Bewohner von S"d-Mindanao und der Insel Samal; von Al. Schadenberg

——*Zeitschrift fur Ethnologie*, Band XVII, S. 19.

在這里，我們看見游戲（跳舞）和勞動的綜合。然而這綜合，並沒有遮蔽了現象間的眞關係。倘若你並不以爲排戈皤斯族太初爲了娛樂，將自己的踏鍬插入地裏去，播上稻種，到後來纔爲了維持自己的生存，來動手開墾土地，則你就不得不承認當此之際，勞動古於游戲，游戲之在排戈皤斯族那里，是由施行播種的那特殊的條件所產出了的。游戲——是時間底地比牠先行的勞動的孩子呀。

請你注意在一樣的時會，跳舞這事本身，乃是勞動者的動作的單純的再現的事罷。我引用畢海爾自己，來作這的證明罷，他在自己的著作"Arbeit und

Rhythmus"（勞動和韻律）裏，這樣地在說，『原始民族的許多跳舞，那本身不過是一定的生產底行爲的意識底的模倣。所以當這模倣底描寫之際，勞動是必然底地應該先行於跳舞的。』（註一）我完全不解畢海爾爲什麼到後來會斷定了游戲更古於勞動。

（註一） Albeit und Rhythmus, S. 79.

大概可以並無一切誇張地說，"Albeit und Rhythmus" 是用了那全內容，將我正在分析的畢海爾關於游戲和藝術之對於勞動的見解，完全地而且出色地推翻了。爲什麼畢海爾自己，沒有覺到這分明的矛盾的呢，只好出驚。

想來他是被近時錫閃大學的授教凱爾·格羅斯（註一）所貢獻於學界的那游戲說，引進胡塗裏去了的。所以知道格羅斯的學說，在我們也不爲無益罷。

（註一）在Die Spiele der Tiere 這著作裏。Jena 1896.

據格羅斯的意見，則以游戲爲過剩之力的發現的見解，未必能由事實來實證的。小狗互相游戲，直到完全疲勞，而在並非力的過剩，不過恢復了略足再來游戲的力的分量的最短的休息之後，便又游戲起來。我們的孩子們也一樣，即使他們，譬如因長時間的散步而非常疲乏了，但游戲一開始，他們就立刻忘掉了疲勞。他們並不以長時間的休息和過剩的力的蓄積爲必要，『是本能使他們，倘若形象底地來表現，則不但杯子洋溢的時候，即使其中幾乎只有一滴的時候，也省悟到活動的。』（註一）力的過剩，不是游戲的 Conditio sine qua non（必要的條件），而僅是於牠極幸福的條件罷了。

（註一） Die Spiele der Tiere, S. 18.

然而即使那並不這樣的，斯賓塞說（格羅斯稱之爲希勒壘爾・斯賓塞說）

也還是不夠的罷。牠想給我們說明游戲的生理學底意義，但將那生物學底意義，却沒有說明。然而牠的這意義，是極廣大的。游戲，尤其是年青的動物的游戲，全有一定的生物學底目的。無論在人類，在動物，年青的個體的游戲，乃是有益於個別底的個體或全種族的性質的練習。（註一）游戲使年青的動物準備，以向牠未來的生活活動。然而正因爲那是準備年青的動物以向牠未來的活動的，所以那就較這活動爲先行，而且也因此格羅斯不想承認游戲是勞動的孩子，他反而說，勞動是游戲的孩子了。

（註一） 上揭書，一九至二〇頁。

（註二） 上揭書，一二五頁。

如你所見，這和我們在畢海爾那里所遇見的，是完全一樣的見解。所以我所已經講過的關於勞動之對於游戲的眞的關係之處，也全部適合於他的。然而格羅斯是從別一面接近問題去的，他首先並不以成年者而以兒童爲問題。假使我們也如格羅斯一樣，從這觀點來觀察牠，那麽，問題之顯現於我們者，是怎樣的情形呢？

再舉例罷。耶爾說，（註一）澳洲的土人的孩子，常作戰爭游戲。而且這樣的游戲，很爲成年者所奬勵，爲什麽呢，因爲那是使未來的戰士的機敏會發達起來的。我們於北美的印地安，也見到一樣的例子，在他們那里，有時是幾百個兒童，在有經驗的戰士的指揮之下，參加着這種的游戲。據凱忒林的話，則這種游戲，是成爲印地安的養育體系的實質底的一肢體的。（註二）現在，在我們之前，有着格羅斯之所謂年青的個體向於未來的生活活動之準備的分明的際會了。但這際會，是肯定他的所說的麽？也是的，而也並不！我所舉的原始民族的『養育體系』，是顯示着在個人的生活上，則戰爭的游戲，先行於向戰爭的現實底的參加。（註三）所以格羅斯便是對的了，從個人的觀點來看，游戲確是古於功利底的活動。然而爲什麼在上述的民族那里，設定了戰爭游戲占着那麼大的地位這樣的養育體系的呢？爲的什麼，是明明白白的，就因爲在他們那里，得到從孩子時候起，就慣於各種軍事底訓練的，準備很好的戰士，是極爲必要的緣故，這意思，便是從社會（氏族）的觀點來看，事態卽顯了全然別種的趣旨，在最初——有眞的戰爭和因此而造成的好戰士的要求，其次——有爲了使這要求得以滿足的戰爭的游戲，換了話說，便是從社會的觀點來看，是功利底的活動，古於游戲的。

（註一） Manners and Customs of the aborigines of Austaria, p. 228.

（註二） Geo. Catlin, Letters and notes on the Manners, Customs and Condition of the North American Indians, I, 131.

（註三） Letourneau. L'évolution literaire dans les diverses races humaines, Paris 1894, p. 34.

別的例子。澳洲的女土人在跳舞裏面，從中描寫着她從地裏掘起食用植物的根來的處所。（註一）她的女兒看見這跳舞，於是照着兒童所特有的向模倣的衝動，她就再現自己的母親的舉動。（註二）她在還未到眞去從事於食料之採取的年齡，做着這。所以在她的生活上，掘根的游戲（跳舞）是較現實的掘根爲先行，在她，游戲是較古於勞動。但在社會的生活上，則現實底的掘根，不消說，就先行於成年者的跳舞和在兒童的游戲上的這歷程的再現了。因此之故，在社會的生活上，是勞動古於游戲的。（註三）想來這是全然明白的。但倘若這是全然明白的事，則剩在我們這里的，只有向自己這樣地問，經濟學者和一般從事於社會科學的人們，應該從怎樣的觀點，來觀察勞動對於游戲的關係的問題呢？我以爲當此之際，回答也是明白的。從事於社會科學的人們，將這問題——發生於這科學的圈內的別的一切問題也一樣，——從社會的觀點以外來觀察，是不行的。不行的理由，就因爲仗了站在社會的觀點上，我們纔能夠較容易地發見在個人的生活中，游戲先於勞動而出現的原因的緣故，倘若我們不出個人的觀點以上，那麽，我們對於他的生活中爲什麽游戲先於勞動而出現的事，他爲什麽做着正是特定的這，而非這以外的東西的游戲的事，將都不能懂得了。

（註1） "An other favourite amusement among the childeren is to practise the dances and songs of the adults." Eyre. Op. cit. p. 227.

（註2） "Les jeux des petits sont limitation du travail des grands." Dernier Journal du docteur David Livingston, t. II, p. 267.

『少女們最喜歡模倣母親的勞動而游戲。她們的兄弟的玩具……是小小的弓箭。』（大爾特及查理斯．理文斯敦的山培什研究。）"The amusements of the natives are various but they generally have a reference to their future occupations." Eyre, p. 227.

(註三)『這些游戲，是作為後來的勞動的精確的模倣而顯現着的。』Klutschak, Op. cit. S. 222.

在生物學上，這事也一樣地對，但將『社會』的概念，在那里，換為『種族』（嚴密地說——種）的概念，是必要的。倘若游戲是在盡準備年青的個體向未來的生活底任務之職的，那就明明白白，在最初，種的發展在他面前設定了要求一定的活動的一定的任務，其次，作為這任務的現存的結果，而現出和這任務所要求的諸特質相應的，在諸個體的淘汰和幼年少年期上的養育來。在這里，游戲也不出於勞動的孩子，不出於功利底的活動的機能。

人類和動物之間所存的差異，這之際，只在繼承下來的本能的發達，在他的養育上，較之在動物的養育上演着小得很多的脚色。虎之子，是作爲肉食動物而生下來的，但人類並不作爲獵人，農人，軍人，商人而產生。他在圍繞他的條件的影響之下，成爲這個或別個。而且這事，無論男女都是這樣的。澳洲的少女，並非生來就本能底地帶着對於從地裏掘出根來或和這相類的經濟的勞動的衝動。這衝動，乃由她裏面的向模倣的傾向所產出，就是她竭力要在自己的游戲裏，再現出自己的母親的勞動來。然而爲什麼她不模倣父親，却是母親呢？這是因爲她之所屬的社會，男女之間，已經確立着分工的緣故。所以這原因，也並不在諸個人的本能之中，而是橫在圍繞他們的社會底環境之中的。但是，社會底環境的意義愈大，則拋掉社會的觀點，像畢海爾論游戲對於勞動的關係時候之所爲那樣，站在個人的觀點上的事，也愈加難以容許了。

格羅斯說，斯賓塞說忽略了游戲的生物學底意義。能夠以大得多的權利，來說，格羅斯自己，是遺漏着那社會學底意義的。固然，這遺漏，在供獻給人類的游戲的他的著述的第二部裏，也許會加以訂正。男女之間的分工，給與了由新觀點，來觀察畢海爾的議論的動機。他將成年的野蠻人的勞動，作爲娛樂而描寫着。這不消說，即此一點，也是錯的，在野蠻人，狩獵不是競技，乃是維持生活所必要的認眞的勞作。

畢海爾自己完全正當地這樣說，『野蠻人往往苦於厲害的窮乏，成爲他們的衣服全體的帶子，在他們，其實是用以作德國的下層人民所稱爲"Schmachtriemen"這東西，就是爲了要緩和苦惱他們的飢餓，以此緊束腹部的東西的。』（註一）雖在『往往』（據畢海爾自己所承認）發生這些事之際，野蠻人竟還是作爲競技者，不因苦惱的必然，却爲了娛樂，而去狩獵的麽？由力錫典斯坦因，我們知道薄墟曼幾天沒有食料的事，往往有之。這樣的飢餓的期間，當然是必至底的食料搜索的期間。這搜索，竟也是娛樂麽？北美洲的印地安，在恰値久不遇見野牛，餓死來威嚇他們那時候，就跳自己的『野牛舞』。跳舞一直繼續到野牛的出現。（註一）那出現，印地安是當作和跳舞有因果關係的。爲什麽在他們的腦裏，會發生了關於這樣的關係的表象的呢，這一個此時和我們沒有關係的問題，姑且不談，我們可以用了確信來說，當此之際，『野牛舞』以及和動物的出現同時開手的狩獵，都不能看作游戲。在這里，跳舞本身，是作爲追求功利底的目的，同時也作爲和印地安的主要的生活活動緊密地相聯結的活動而出現的。

（註一）『四概要』。七七頁。

(註二) Catlin. Op. cit. I, 127.

(註三) 在畢海爾，以爲原始人是能不勞動而生活了的。『無疑地，——他說，——人類在不能測知的時代的經過中，能夠不勞動而生活了，而且如果他願意，則雖是現在，在這地球上，也還不難尋到從他這面支出極少的努力，而西穀米，香蕉，麵包果樹，科科，椰子和棗椰子就會許他生存的地方。』(『四概要』七二至七三頁。) 倘若畢海爾在不能測知的時代之下，是『人類』剛被組織化爲特殊的動物種(或是科)的時代的意思，那麼，我要說，當時我們的祖先，是不下於類人猿地『勞動了』的，關於這事，我們毫無什麼權利，可以說在他們的生活上，游戲比維持生存所必要的活動，占着更大的地位。倘就僅支出最小的努力，便可保人類的生存似的或種特殊的地理底條件而言，則在這里也決不應當誇張的。熱帶地方的華麗的自然，要求人類的努力，決不較溫帶的自然爲少。藹連賴息還至于說，這樣的努力的量，在熱帶地方，更大于溫帶地方云。(Ueber die Botocudos, Zeitschrift für Ethnologie. B. XIX, S. 27.)

不消說，在栽培食用植物之際，則熱帶地方的肥沃的土壤，是很能輕減人類的勞動的，然而這樣的栽培，惟在文化底發展的比較地高的段階上，這纔開始起來。

往前進罷。看一看我們的疑問的競技者的妻罷！行軍的時候，她搬運重擔，掘起根來，搭小屋，生火，鞣毛皮，編籃，以後也從事於土地的開墾。（註一）一切這些，都不是勞動，而是游戲麼？據F．普列司各得的話，則印度的達科泰族的男人，夏季每天勞動不到一小時以上，如果願意，這就可以稱之為娛樂。然而在一年的同一時期中，同一種族的女人，每天却勞動到約六小時，在這里，就難以假定我們的問題是在『游戲』了。但到冬季，夫妻便都非比夏季更加勞動不可，那時男人勞動約六小時，女人約十小時。（註二）

（註一） "The principal occupation of the women in this village consists in procuring wood and water, in cooking, dressing robes and other skins, in drying meat and wild fruit and raising corn." Catlin. Op. cit., I, 121.

（註二）Schoolcraft, Historical etc. Imformation, part III, p. 235.

在這里，早已全然而且斷然地不能談到「游戲」了。在這里，我們已經 Sans phrase（沒有文詞）地惟勞動算是問題，而且即使這勞動比起文明社會的勞動者的勞動來，爲無興味，且少疲勞，然而並不因此而失其爲全然是一定的形式的經濟底活動。

就這樣，由格羅斯所假定了的游戲說，也無以救助我所正在分析的畢海爾的命題。勞動古於游戲，和父母之古於孩子，社會之古於各個的成員是一樣程度的。

但既經說起了游戲，我還應該使你的注意，向一部分已爲你所知道的畢海爾的一個命題去。

據他的意見，則在人類發展的最早的階段，文化底獲得之從氏族傳給氏族的事，是沒有的。（註一）而且這事情，就從野蠻人的生活上，奪去了經濟的最本質底的特徵。（註二）然而游戲倘若連格羅斯也以爲是使原始社會中的幼小的個人，準備實行他們的未來的生活底任務的，則豈非明明白白，那是結合不同的時代，並且正成爲扮演着從氏族向氏族傳達文化底獲得的脚色的聯繫之一的麼？

（註一）『四概要』，八七頁及以下。

（註二）同上，九一頁。

畢海爾說，『最後者（原始人）對於努力製作殆及一年，而且於他蓋一定値得絕大的努力的石斧，有特別的愛執的事，以及這斧之於他，像是他本身的存在的一部份的事，固然可以認到。但以爲這貴重的財產，將作爲遺產，移交於他的子孫，而且成爲以後的進步的基礎，却是錯誤的。』類似的對象，在關於『我的』和『你的』的概念的最初的發達上，給與着動機的事，是確實的，而指示着這些概念，僅聯結於個人，和他一同消滅而去的觀察，也多得不相上下。『財產是和生前是那個人底所有的所有者，一同埋下墳裏去的（畢海爾的旁點）。這習慣，行於世界的一切部分，而那遺制，則在許多民族中，雖在他們的發展的文化時代也還遇見。』（註一）

（註一）『四概要』，八八頁。

這事，不消說，是對的，然而，和物一同，從新製作這物的技能也就消滅的麼？否，不消滅的。我們在低級的狩獵種族中，已經看見父母要將他們自己所獲的一切技術底知識，努力傳給孩子。『澳洲土人的兒子一會步行，父親便帶他去狩獵和打漁，教導他，講給他種種的傳說。』（註一）而澳洲土人在這裏並非一個一般底的規則的例外。在北美洲的印地安那里，氏族（the clan）任命着特別的養育者，那職任，是在當幼小時，授以將來他們所必要的一切實際的知識。（註二）科司族的土人那里，則十歲以上的一切兒童，都一同養育於首長的嚴峻的監督之下，那時候，男孩子學關於軍事和狩獵，女孩子則學各種家庭底勞動。（註三）這不是時代的活的聯繫麽？這不是文化底獲得之從氏族到氏族的傳達麽？

（註一）Ratzel, Völkerkunde, zweite Ausgabe, I Band, S. 339. 夏甸培克關于飛獵濱的內格黎多，也說着相同的事，Zeitschrift für Ethnologie, B. XII, S. 136. 關于安大曼羣島居民的兒童養育，可看眉安的Journal of the Antropological Institute, vol. XII, p. 94. 倘相信愛彌耳．迭褒的話，則韋陀族是在這一般底的規則的例外的，他們似乎並不將使用武器的事，教給自己的孩子們（Carnet d'un voyageur.

Au pays des Veddas, 1892, p. p. 369—370）。這是極難相信的證言。這裏大抵不給人以那是周到的研究的印象。

（註二） Pawell, Indian Linguistic Families, Eleventh Annual Report, p. 35.

（註三） Lichtenstein, Reisen, I, 425.

關於死者的物品，卽使委實非常地屢屢終於在他的墳裏失掉，但生產這些物品的技能，是從氏族傳給氏族的，而這事，則較之物品本身的傳達，更其重要得多。不消說，死者的財產消滅在他的墳墓裏，是會使原始社會中的富的蓄積，至於遲緩起來。然而第一，如我們之所觀察了的那樣，那並不排除時代的活的連繫，第二，是因爲對於非常之多的對象的物品的存在，個人的財產大抵是極爲微末的，那首先就是武器，但原始底的狩獵人，戰士的武器，是非常密切地和他的個性一同成長，恰如他本身的延長一般，所以在別人，便是不很合用的物品。（註一）這就是和那死掉的所有者的同時底消滅，較之粗粗一看之所想，只是小得很遠的社會底損失的原因。待到後來，和技術以及社會底富的發達一同，死者的所有物的消滅成爲他的近親的重大的損失的時候，那就漸被限制，或者將地位讓給單是消滅的象徵，而全被廢棄了。（註二）

（註一） 非常多數之中的一例，"Der Jäger darf sich keiner fremden Waffen bedienen; besonders behaupten diejenigen wilden, die mit dem Blasrohr schiessen, dass dieses Geschoss durch den Gebrauch eines Fremden verderben werde und geben es nicht aus ihren Händen." Martius. Op. cit. S. 50

（註二） 可看烈多爾諾的 L'evolution de la propriétè, p. 418 及以下。

因爲畢海爾否定着野蠻人的時代間的活的聯繫的緣故，所以他對於他們的父母底感情，極爲懷疑，是無足怪的。

「最近的人種學者，——他說，——為要證明母性愛的力，在一切文化底發展階段上是共通的性質，曾傾注了許多的努力。其實，以為到處由多數的動物種以如此引動人心的形態，發現出來的這感情，在人類則獨無的這種思想，在我們是難於承認的。但是，許多觀察，却顯示着親子間的精神底聯繫，已經是文化的成果的事，以及在最低的階段的民族中，為維持民族本身的存在起見的謀慮，強於別的一切精神運動的事，或者甚至於僅有這謀慮現存的事……。無限的利己主義的同樣的性質，在許多原始民族當移住之際，將也許有妨於健康者的病人和老人，委之運命的自然，或遺棄於荒涼之處而去的殘酷裏，也顯現着的。」（註一）

（註一）「四概要」，八一至八二頁。

可惜的是畢海爾毫不舉出什麼事實來，以作自己的思想的確證，所以他在就怎樣的觀察而說，我們竟全不了然。因此我也只得以我自己所知道的觀察爲基礎，來檢討他的所說。

澳洲的土人，是能以十足的根據，看作最低級的狩獵種族的。他們的文化底發展，等於無。所以稱爲父母底愛這種『文化底獲得』，可以豫料爲他們大概還沒有知道。但是現實並不將這豫料化爲正常。澳洲的土人，是熱烈地愛自己的孩子，他們常常和他們游戲，並且愛撫他們的。（註一）

（註一） Eyre, Op. cit, p. 241.

錫崙島的韋陀族，也站在最低的發展階段上。畢海爾將他們和薄墟曼一同，舉爲極端的野蠻的例子。但雖然如此，據丁南德所保證，則他們也『於自己的孩子們和血族很有摯愛的。』（註一）

（註一） Tennant, Ceylon, II, 445. （可參照 Die Weddas von Ceylon, von P. und F.

Sarrasin, S. 469.)

遏斯吉摩——這冰河時代的代表者——也『很愛自己的孩子們』。(註一)

(註一) D. Cranz, Historie von Grönland, B. I, S. 213. 可參照克柳郤克的 Als Eskimo unter den Eskimos, S. 234 及波亞斯的上揭書，五六六頁。

關於南美洲印地安，對於自己的孩子們的大的愛，神甫休密拉已經說過了。(註一)輝忒則以這爲美洲印地安的最顯著的性質。(註二)

(註一) Historie naturelle, civile et geographique de l'Orenoque, t. I, p. 211 .

(註二) Die Indiener Nordamericas, Leipzig 1865, S. 101. 可參照瑪蒂爾達•司提芬生的研究，給斯密司學會的亞美利加人種學會第十一回報告的 The Siou。據司提芬生所說，則當食料不足之際，成年者是自己忍着飢餓，以養孩子們的。

在非洲的黑人種族中，也可以指出不少因爲對於自己的孩子的和善的顯

慮，而喚起旅行家的注意的種族來。（註一）

（註一）例如，可看錫瓦因孚德的關于野蠻人的所說之處，Ancoeur de l'Afrique t. I, p. 210.

他的錯誤，何自而來的呢？他是將頗爲廣行於野蠻人之間的殺害小兒和老人的習慣，不得當地解釋了。不消說，從殺害小兒和老人的事，來判斷孩子和父母之間的相互底親愛的欠缺，一下子是覺得似乎極合於論理的。然而只是覺得，那又不過是一下子罷了。

在事實上，小兒殺害是很廣行於非洲土人之間的。在一八六〇年，納里那也黎族的新生小兒的三分之一，都被殺掉。生在已有小的孩子們的家族裏的孩子，都被殺，一切病弱的，每年生的孩子，等等，也被殺。然而這也並非上述的種族的澳洲土人中，欠缺着父母底感情的意思。全然相反的，或一孩子一經決定留下，他們便『**以無限的忍耐**』(註一)來保育他。就是，事態未必像最初所覺得那樣地簡單，小兒殺害，於澳洲土人並不妨礙其愛自己的孩子們，很堅忍地將他們撫養。而且這也不獨在澳洲的土人。古代的斯巴達也曾有小兒殺害，然而因此便可以說，斯巴達人還未到達能夠發生父母對子的愛情的文化底發展階段麼？

(註一) Ratzel, Völkerkunde, I, 338—339

就殺害病人和老人而言，則在這里，首先必須將至於施行這事的特殊的事情，加以計及。那是僅僅施行於精力已經耗盡的老人，當行軍之際，失掉了和自己的氏族偕行的可能的時候的。(註一)因為野蠻人所有的移居的手段，還不夠搬運這樣的體力已衰的成員，所以必然勒令將他們一任運命的意志，而且那時候，由近親者來致死，在他們，是算作一切惡中的最小者的。況且老人的遺棄和殺害，是拖延到最後的可能，所以雖在以這一事出名的種族中，也實行得極其稀少，這事是必須記得的。火島的土人，和達爾文講了多回的喫掉自己的老嫗的故事相反，拉追勒說，老人和老嫗，在這種族中，却受着大大的尊敬。(註一)耶爾關於飛獵濱羣島的內格黎多(註二)，藹連賴息(引瑪喬斯的話)關於巴西的皤多庫陀，都說着一樣的事。(註三)海克威理兌爾稱北美的印地安爲比別的任何民族都尊敬老人的民族。(註四)關於非洲的土人，錫瓦因孚德說，他們不但很注意地撫養自己的孩子們而已，也尊敬自己的老人們，這是在他們的任何村落裏，常常可以目覩的。(註五)而據史坦來的話，則對於老人的尊敬，是成着全非洲內地的一般底的規則。(註六)

(註一) Völkerkunde, I, 524.

(註二) Native races of the Indian Archipelago, p. 133.

（註三） Ueber die Botokudos etc, Zeitschrift für Ethnologie, XIX, S. 32.

（註四） L. c., S. 251.

（註五） Au coeur de l'Afrique, t. I, p. 210.

（註六） Dans les tenèbres de l'Afrique, II, 361.

畢海爾全然將站在具體底的基礎上，這纔得以說明的現象，抽象底地在觀察了。對於老人殺害，也和對於嬰兒殺害完全相同，不是原始人的性格的特質，不是他的疑問的個人主義，也不是欠缺時代間的活的連繫，乃是應當歸之於野蠻人在那裏面，不得不爲自己的生存而爭鬪的諸條件的。我在第一信裏，已曾使你想起人類倘若生活於和巢蜂同樣條件之下，他們便將並無良心的苛責地，甚至於懷着盡義務的愉快的自覺，以謀自己社會中的不生產底的成員的絕滅能這一種達爾文的思想來了。野蠻人就正是生活於不生產的成員的絕滅，或程度爲止，是對於社會的道德底義務那樣的條件之中的。他們旣在這樣的條件之下，便勢不得不殺掉多餘的孩子和耄年的老人，然而他們之並不因此便成爲畢海爾所描寫那樣的利己主義者或個人主義者，是由我引用的許多例子所明證的。使殺孩子和老人的野蠻生活的那同一條件，就同樣地支持着留遺下來的團體的諸成員間的緊密的連繫。以父母底感情的發達和對於老人致大尊敬爲世所知的種族，時而同時施行着殺害小兒和老人的 paradox（顚倒），卽據此可以說明。問題的核心，是不在野蠻人的心理，而在他的經濟的。

在截止關於原始人的性質的畢海爾的議論之前，我還不可不關於那動機，來加兩個的注意。

第一，作爲由他歸給野蠻人的個人主義的最明瞭的表現之一，映在他的眼裏的，是他們之間，非常廣行的各自採取食料的習慣。

第二，在許多的原始民族那里，家族的各成員，有着自己的動產，對於這，家族的其餘的成員無論誰，都沒有一些權利，普通也並不現出什麼慾望來。一個大家族的各成員，散開來住在小小的小屋裏的，也不少有。畢海爾在這里，就看出了極端的個人主義的顯現。倘使他知道了我們大俄羅斯有那麼許多的大農家族的秩序，就會全然改變了那意見的罷。

在這樣的家族裏，經濟的基礎是純粹地共產主義底的。但這事，於他們的各個成員，例如，於『婦人們』和『姑娘們』，並不妨礙其擁有雖從最壓制底的『家長』這邊的侵犯，也由習慣之力嚴加保護着的自己本身的財產。爲了這樣大家族的既婚的成員，往往在共同的大院內，造起分屋來。（在旦波夫斯克縣，稱這些爲小屋。）

你也許早已倦於關於原始經濟的這些議論了。但是，請你容認，我沒有這個是全然不能濟事的。如我已經說過，藝術是社會現象，所以倘若野蠻人實在是完全的個人主義者，那麽，絮說他的藝術，蓋是無意味的罷，我們在他們那里，將毫不能發見藝術活動的怎樣的特徵。然而，這活動，是沒有懷疑的餘地的。原始藝術——決不是神話。只這一個事實，卽使是間接底地罷，就已經能夠否定畢海爾的對於『原始經濟底構造』的見解之足信了。

畢海爾屢屢反復着說，『爲了不絕的放浪生活，關於食料的顧慮全然併吞了人們，和這一同，連我們所想爲最自然的感情，也不容其發生了。』（註一）而那同一的畢海爾，如你所已經知道，却相信人類在不可測知的世紀間，曾經不勞動而生活，以及雖在今日，地理底條件允許人們支出最少的努力而生存的處所，也還不少的。在我們的著者，藝術古於有用的對象的生產這一種確信還和這相連結，正如游戲古於勞動一般。那就成爲這樣——

第一，原始人用最微細的勞力的價値，維持了自己的生存；

第二，雖然如此，這些微細的勞力却完全併吞了原始人，爲了別的任何活動，連我們所以爲自然的感情之一，也不留一些餘地；

第三，自己的營養以外，什麽也不想到的人，却連爲了那營養，也不從有用的對象的生產開始，而從滿足自己的美底要求開始的。

（註一）「四概要」八二頁。併參照八五頁。

這是非常奇怪了！當此之際，矛盾是顯然的。但是，要怎樣辦，纔能够脫却這個呢？

要脫却這個，非訂正了畢海爾關於向有用對象的生產的活動和藝術的關係的見解的錯誤之後，是不可能的。

畢海爾說工藝的發達，無論那里都始於身體的塗彩時，就非常地錯誤着。

他絕沒有引一條事實，能夠給我們設想爲身體是塗彩或穿孔，先於製作原始底的武器或原始底的勞動用具的動機——是的，不消說，引不出來的。皤多庫陀的或一種族，在那有限的身體裝飾之中，有作爲最主要的東西的他們的有名的皤多卡，卽插入嘴唇裏的木片。（註一）倘若假定這木片的設色，是在皤多庫陀人學得從事狩獵，或者至少是借着弄尖的棍棒之助，來掘食用植物的根之前，那是非常可笑的罷。關於澳洲土人，L·什蒙曾說，在他們那里，許多種族，是毫不加什麼裝飾的。（註二）這恐怕未必如此，在事實上，一切澳洲的種族，是用着最不複雜的，以及這樣那樣的裝飾的，卽使是少數。但在這里，也仍然不能假定這些不複雜的少數的裝飾，在澳洲的土人那里，較之關於營養的憂慮以及和這相應的勞動用具，卽武器和用於採取食用植物的弄尖了的棍棒，爲更先出現。薩拉辛以爲未受外來文化的影響的原始韋陀族，男人女人和孩子，都毫不知道什麼裝飾，雖是現在，在山地裏也還能遇見全不裝飾的韋陀族。(註三)這樣的韋陀族，連耳朵也不穿孔的，然而他們却已經知道使用那，不消說是他們自己所製作的武器。在這樣的韋陀族裏，用於裝飾武器的工藝，分明是先於裝飾製造品的工藝的。

(註一) Waitz, Anthropologie der Naturvölker, dritter Teil, S. 446.

(註二) Im australischen Eüche und an den Kusten des Korallenmeers, Leipzig 1896, S. 223.

(註三) Die Weddas von Ceylon, S. 895.

連非常低級的狩獵種族——例如薄墟曼或澳洲土人——也會作畫，是事實。在他們那里如我將在別一信裏來論及那樣，有着眞的畫廊。(註一)焦克諾和遏斯吉摩，以那彫刻和彫刻細工出名。(註二)曾在古象期居住歐洲的種族，則以不亞於此的藝術底傾向見知於世。（註三）一切這些，都是屬於藝術史家誰也不當付之等閑的極重要的事實的。但是，在澳洲土人，薄墟曼，渴斯吉摩或古象的同時代者那里，藝術活動比有用的對象的生產先行了，在他們，藝術比勞動「古」了的這等事，是從那里發生的呢？這樣的事，是那里也決不會發生的。全然是那反對。原始狩獵人的藝術活動的性質，分明證明着有用的對象的生產和一般地經濟底活動，較藝術的發生爲先行，因而在那上面，也捺着最鮮明的印記。焦克謡的畫，是描着什麽的呢？——那是狩獵生活的種種的光景。（註四）顯然是焦克謡最初從事於狩獵，其次纔開始在繪畫上，再現出自己的狩獵來。全然一樣地，倘若薄墟曼是幾乎專畫着動物，孔雀，象，河馬，鴻雁，以及其他的，那就因爲動物在他們的狩獵生活上，充着絕大的決定底的脚色的緣故。在最初，人類對於動物站在一定的關係上了（開始狩獵牠們了），其次——也正因爲對於牠們站在一定的關係上的緣故——則在他那里，生起要描寫這些動物的衝動來。那麼，什麼比什麼先行了的呢，勞動先於藝術，還是藝術先於勞動呢？

（註一）關於澳洲土人的繪畫，可看輝忒的 Anthropologie der Naturvölker, sechster Teil, S. 759 及以下，併看有興味的L·G·瑪喬斯的論文，The rock pictures of the Australian Aborigines in Proceedings and Transactions of the Queensland Branch of the Royal Geographical Society of Australia, vv. X andX I. 關于溥墟曼的美術，則可看已曾由我引用了的蒲立修的關于南美洲土人的著述，第一卷，四二五至四二七頁。

（註二）可看Die Umsegelung Asiens und Europas anf der Vega von A. E. Nordenskiold, Leipzig 1880, B. I, S. 463及 B. II, S. 125, 127, 129, 135, 141, 231.

（註三）可參照 Die Urgeschichte des Menschen nach dem heutigen Stande der

Wissenschaft, von Dr. M. Hörnes, erster Halbband, S. 191 及以下，213 及以下。和這相關聯的許多事實，由 Mortillet指示在他的 Le Préhistorique中。

（註四） Nordenskiold, II Band, S. 123, 133, 135.

（註五） Fritsch, Die Eingeborene Süd-Africas, I, 436.

不，敬愛的先生，我相信，倘若我們不將如次的思想，即勞動古於藝術的事，以及人類大抵先從功利底的觀點，來觀察對象和現象，此後纔在自己對於牠們的關係上，站在美底觀點上的事，將這思想據爲己有，則我們在原始藝術的歷史上，恐怕什麼也全然不會懂得的。

我想將許多——由我看來，是完全可以憑信的——這思想的證明，舉在下一信裏，但那大約要從研究分民族爲狩獵，牧畜，農業民族這舊的舉世所知的分類，是否合於我們的人種學底知識的現在的狀態這一個問題開端了。

論文集『二十年間』第三版序

當我的論文集『二十年間』的新版出世之際，這回決計要在那前面加上幾條注意書了。

或一批評家——不但傾向不好而已，且是極不注意的批評家，竟將實在可驚的文學的規範，歸在我身上了。他決定地說，我所承認者，只是承認社會底環境有影響於個人的發達的文藝家，而將不承認這影響的文藝家，加以否定。要將我解釋得比這更不行是不能的了。

我所抱的見解，是社會底意識，由社會底存在而被決定。凡在支持這種解見的人，則分明是一切『觀念形態』——以及藝術和所謂美文學——乃是表現所與的社會，或——倘我們以分了階級的社會爲問題之際，則——所與的社會階級的努力和心情的。凡在支持這樣見解的人，將所與的藝術作品，開手加以評量的文藝批評，就也分明應該首先第一，剖明在這作品中，所表現者，正是社會底（或階級底）意識的怎樣的方面。黑格爾學派的批評家——觀念論者——這裏面，連在那發達和這相應了的時期的我們的最天才底的培林斯基(Belinski)也包括在內——說，『哲學底批評的任務，是將藉藝術家而被表現於那作品中的思想，從藝術的言語，譯成哲學的言語，從形象的言語，譯成論理學的言語。』但作爲唯物論底世界觀的同人的我，却要這樣說，『批評家的第一的任務，是將所與的藝術作品的思想，從藝術的言語，譯成社會的言語，以發見可以稱爲所與的文學現象的社會學底等價的東西。』我的這見解，在我的文學底論文裏說明，已經不止一次了，但看起來，這見解，竟好像引我們的批評家於迷誤似的。

這富於奇智的漢子，竟以爲倘如我的意見，文藝批評的第一的任務，旣在決定由作者所運用的文學現象的社會學底等價，則我所讚賞，是將在我覺得愉快的社會底努力，表現於那作品中的作家，而將不愉快的這些事的表現者，加以否定。就這事本身而論，就已經愚蠢，因爲在眞實的批評家，問題是並不在『笑』了『哭』了那些事情裏，而在理解之中的。然而現在我所作爲問題的『作者』，却將問題更加單純化了。他所述說，是所與的作家，那作品能否確證我關於社會環境的意義的見解，我便據以分爲讚賞或非難。（註一）於是就生出可笑的漫畫來，假使這對於我國的——可惜還不獨我國——文學史家，不成爲極有興味的『歷史底記錄』，那就恐怕是連談講的價值也沒有的。

（註一）他竟連從我的文學底論文裏，引一條例子來確證自己的言論的事，也忘掉了。然而還是自然明白的。

G・I・烏斯班斯基（Uspenski）在『難醫的漢子』這一篇短篇裏，將一個苦於暴飲，向醫生訪求着醫治這病的藥，『譬如連身體的角角落落』也都達到的藥的教士，作爲唯物論的決定底反對者，證明着物質和精神的決非一物。『你瞧，——這漢子講道理道，——連「俄國的言語」報上，也沒有說這是一體的……倘若這樣，那麼，拿一段木棒來——這是脊骨，纏上繩子——是神經，再加上些什麼——選出去做土地爭議裁定官罷，只要給帶上綴着紅帶子的帽，就好了……』

這教士，留下了無數的子孫，他是馬克斯的一切『批評家』的先祖。我們的『作者』，一定也屬於這苗裔裏面的。然而應該說眞話，——教士還沒有『狹隘』到他的子孫一般。他『連』依據了『俄國的言語』報，也並無偏見地，承認了脊骨不是木棒，神經不是繩子。而我的大慈大悲的批判者，却要將神經和繩子，木棒和脊骨的等觀的堅強的確信，歸之於我。豈但我們的批評家而已呢？反對者們也將和這相類的愚昧，十分認眞地歸給了我們。——其實是，雖現今也還在歸給，沒有歇——要確信這事，只要想起社會革命黨和主觀主義者們對於馬克斯主義所加的反駁，就夠了。不獨此也，——雖在西歐的馬克斯批判——例如有名的培崙斯坦因先生——上，也還將那有判斷的教士所未必加於唯物論的關於『神經』和『繩子』的意見，歸之『正統底』馬克斯主義，這事，是可以無須什麼誇張地來說的。我眞不知道，我們可能遇到一個時代，會從和這種『批評家』交矛的滿足，得到解放。但我想，這時代是要來的，我以爲這的到來，當在社會底變革，除去了或種哲學底以及其他的偏見的社會底原因之後。然而現在，却還很要常常聽我們的『批評家』的認眞的忠告，說是將纏着繩子，用了綴着紅帶的帽子裝飾起來的木棒，推舉出去做『土地爭議的裁定官』，是不行的罷。沒有法，只好和果戈理（Gogol）一同大叫道，『諸位，生活在這世間，是多麼無聊呵！』

也許有人要說，着手於藝術作品的社會學底等價之決定的批評家，是容易將那方法來惡用的。這我知道。然而不能惡用的方法，有在那裏呢？這是沒有的，也不會有。又將說能，——所與的方法愈是切實的，則由拙劣地駕馭這方法的人們所犯的那惡用，就愈不堪。然而這事，成爲反對切實的方法的理由麼？人們往往將火惡用，但人類倘不回到文化底發達的最低階段去，却不能拒絕其使用。

在我國，現在是將『有產者底』或『小市民底』這形容詞，非常惡用着了。那事例之多，竟至於使我讀着"Russkie Vedmosti"第九十四號的漫談

(Feuilleton) 的I先生的下幾行，未嘗沒有同感。——

「現在的文學，在要發見一種手段，只留下於那支持者並無危險的東西，而決定底地將一切解體，破壞。這卽包藏於「有產者底」或「小市民底」這言語之中。只要將這言語，拋在或一社會活動家或文學作品上，便作爲殺死，解體，絕滅最強的有機體的毒，作用起來。「有產者底」這句話裏，含有無論用了怎樣狡獪的中傷，論爭底才能的怎樣的展開，也都不能鬬爭的論據。這好像是不能證明牠沒有對準必要之處，未常命中適當之處的日本的下瀨火藥似的東西。觸着牠也好，不觸着也好，而牠已經將那些東西破壞了。

「對於這可怕的判決，唯一的充足的囘答，是向着和這相應的致命底的爆裂彈的飛來之處，拋過同樣的東西去。對於將「有產者底」這句話，拋給你們了的處所，就送以「小市民底」這句話罷。那麽，你們將在敵陣裏面，看見剛纔在你們自己這邊那樣的敗滅了，爲什麼呢，因爲防禦這爆裂彈，是怎樣的城牆，怎樣的壕塹，也不會有的。」

在或一意義上，I先生是對的。但僅在或一意義上，是對的而已。作爲分明看透了或種現象，却並不來取解決那社會底意義之勞者，是對的。但是，倘若I先生要懂得這意思，那很容易，就只要從他剛纔所說上述的形容詞的惡用之可怕的事，便懂得了。兌什思沛蘭德先生說得不錯（『基雅夫意向』，一九〇八年，一三二號）——

全世界是——據梭羅古勃，是『有產者』。

據陀勃羅文，則是『猶太人』。

那是如此的。然而爲什麼從陀勃羅文(Dubrovin)先生看來，全世界是『猶太人』呢？將這奇怪的心理學底光差的社會學底等價，加以決定，是做不到的麼？對於這問題，恐怕大家都未必能說「做得到」，大家也未必毫無困難，決定這等價的罷。那麼，梭羅古勃（Sologub）先生的心理學底光差，怎樣呢？決定那社會學底等價，是可能的麼？我還是以爲可能的。

例如——看罷。近時陀勃羅文先生的機關雜誌說過——『社會主義所約給我們的飽滿的有產者底幸福，並不使我們滿足』（據『基雅夫意向』一九〇八年，一三二號所引用）云。

總之，陀勃羅文先生對於自己的反對者們，現在是不但非難其猶太性，而且也非難其小市民性了。然而陀勃羅文先生是並非將可怕的有產者性的『下瀨火藥』，親自製造了的，他是從別人，例如，從由他看來，全世界都是『有產者』的梭羅古勃先生，或從並不反對甚至將有產者性之罪歸於造化的伊凡諾夫・拉士謨涅克（Ivanov—Razumnik）先生，所接來的現成品。但這些人們，也並未自己製造了這可怕的『下瀨火藥』。他們從幾個馬克斯的批判者，將這接受過來，而這些批判者們，則繼承之於法蘭西的羅曼派。誰都知道，法蘭西的羅曼派們，是雄健地反抗了『有產者』和『有產者性』的。但到現在看起來，凡在知道法蘭西文學史的人們，就明白那反抗了『有產者』和『有產者性』的羅曼派本身，即徹骨地爲有產者精神所長養。所以對於『有產者』的他們的攻擊和對於『有產者性』的他們的嫌惡，不過是有產階級內的家庭爭執。台阿斐爾・戈兼（Théophile Gautier），是『有產者』的無可解救的敵人，然而雖然如此，他對於一八七一年五月的有產階級對無產階級的勝利，却以渴血似的狂喜來歡迎了。只要看這事，便知道對於『有產者』在嚷嚷着的一切人們，並不是對於有產者底社會組織的反對者。如果是這樣的，那麼，要知道可怕的『下瀨火藥』的本質，就也沒有像I先生所設想之難。是有『反小市民性』，又有『反小市民性』的。有一種『反小市民性』，是和資產階級的搾取大衆（羣集）的事，雖然還容易和解，但到終局，和由這搾取而生的有產者底性質的缺點，却無論怎樣，總不能和解。還有一種『反小市民性』——那不消說，對於有產者底性質的壞的方面，是並不掩起眼睛來的，但分明知道，這只有靠着除去相關的生產關係的方法，纔能夠除去。要明白這兩種『反小市民性』的任何之一，都應該在文學上發見那反映，而且其實已經發見的事，是容易的。凡明白了這事的人，就毫不爲難地知道『下瀨火藥』的本質了。

他將要說罷，——有『下瀨火藥』，又有『下瀨火藥』，其一，是有產者願意脫離由有產者底社會關係而生的缺點，於是他從對於由他所搾取的大衆的勞動，希望維持政權的人們所團結的陣營裏，跑了過來。這些『下瀨火藥』，在效用上，就像僅足驚嚇蒼蠅的蠅撲。然而還有別的『下瀨火藥』，那是從反抗『人類對人類的』一切搾取的人們的陣營裏跑來的。這些人們，比第一種的人們誠實得多。那數目之中，不但陀勃羅文之徒而已，連台阿斐爾・戈兼之輩，也不在內。現代俄國的『小市民性』的反對者們的最大多數，也知他們毫沒有什麼共通之處。例如茹珂夫斯基（Zhukovski）先生似的人，也不屬於此，據他的意見，戈理基（Maxim Gorki）——『是從頭頂起，到脚尖止，是小市民。』在戈理基，是有許多缺點的。可以用了完全的意識，稱他爲空想家。但能夠說他是小市民者，却只有陀勃羅文先生似的，將社會主義和小市民性，混爲一談的人。I先生說，『戈理基先生常在非難別人，說是小市民性。別人也在這樣地非難他。一切都很合適的。這恐怕是孩子的遊戲罷。』他說這話的時候，是大錯的。一種文學，其中『玩弄』着『小市民』呀，『小市民性」呀那樣的誠實的概念，却可以說是一切都很合適的麼？凡是對於文學的問題，抱着誠實的態度的人們，可以不來努力，使這遊戲有一結束的麼？然而要將孩子用着誠實的概念的遊戲，加以結束，則倘不能決定這遊戲的社會學底等價，換了話說，就是剖明那引牠出來的社會底心情，就不行。但這事，倘不是在『社會底意識，由社會底存在而被決定』這一個不可爭的命題上，就是我所努力要將自己的批評論文的基礎，放在那裏的思想上，兩手牢牢地抓着的人，是辦不到的。

一切的『反小市民』，決不能僭用無產階級的觀念者這名稱。這事，在西歐知道文學底潮流的歷史的一切人們，是很明白的。但可惜在我國，凡有與味於社會問題的人們，却遠不知道這歷史。於是I先生所指摘的有害的遊戲的可能，就被造成了。並不很古的時候，說起來，就只在兩三天以前，在我國，自己的魂靈裏除了對於小市民的羅曼底的——卽 Par Excellence（幾乎全體地小市民底的——憎惡之外，一無所有的人們，都將身子裹在『無產階級的觀念者』的外套裏面了。這種人們的不少的數目，卽形成於新聞『新生活』的協力者之中。其中之一的閔斯基（Minski）先生，在上述的新聞停刊了幾個月之後，誇張地指摘着一個事實，說是我們的頹廢派詩人，大半投入我們的解放運動的極左底潮流裏了，而藝術上的寫實主義的擁護者，傾向這潮流的却少得遠。事實，是未曾正確地指摘到的。而且對於閔斯基先生所要證明的，事實却毫沒有證明着。在法蘭西，自己徹骨爲小市民底精神所育養的『小市民性』的反對者的許多人——例如波特萊爾（Baudelaire）——，就很神往於一八四八年的運動，但這事，於那運動剛要失敗，而他們便轉過臉去，是不來妨礙的。以強有力的『超人』自居的這種的人們，實際上却極端地孱弱。而且也如孱弱的一切人們一樣，神往於自然力那一邊。然而他們的出現，則並非作爲力的新要素，倒是代表着否定底要素，要運動之力不減少，還是和他們分離了，却較爲有效的。而在我國，和這些人們曾經協力的勞動者利益的擁護者們，是將許多罪戾，接收在自己的魂靈裏了。

但是，回到文藝批評的任務去罷。我說過，——黑格爾學派的批評家——觀念論者，以爲將藝術作品的思想，從藝術的言語，譯成哲學的言語，是自己的義務。然而他們很知道，他們的工作，是很不以遂行了這義務爲限的。上述的翻譯，據他們的意思，不過是哲學底批評歷程的第一段。這歷程的第二段，在他們，——如培林斯基所曾寫出——是在『將藝術底創造的思想，指示其具體底顯現，追求之於形象之中，而且發見其各部分中的全體底的和單一的東西。』這意思，就是說，在藝術作品的思想的評價之後，應該繼以那藝術底價値的分析。哲學不但並沒有除去美學而已，反而努力於爲他尋路，爲他發見堅固的基礎了。關於唯物論底批評，也應該說一樣的話。一面努力於發見所與的文學現象的社會學底等價，而這批評，倘不懂得問題不該僅限於這等價的發見，以及社會學並非在美學前面關起門來，倒是將門開放的事，那就是背叛了自己的本性的東西。忠實的唯物論底批評的第二段的行動——恰如在批評家——觀念論者那裏也是如此一樣——自然應該是正在審查的作品的美學底價値的評價。假使批評家——唯物論者，以他已經發見了所與的作品的社會學底等價爲理由，而拒絕這樣的評價，則不過曝露了他對於自己要據此立說的那見地，並無理解。一切所與的時代的藝術底創作的特殊性，是常被發見於裏面所表現的社會底心情和那最緊密的因果關係之中的。一切所與的時代的社會底心情，則由那時代所特有的社會關係而被決定。這事，藝術和文學的一切的歷史，顯示得比什麽都了然。惟這個，就是當決定一切所與的時代的文學作品的社會學底等價時，假使批評家從那藝術底價値的評價轉過臉去，那麽，這決定，便將止剩下不完全的，從而不確實的東西的原因。用了別的話來說，就是，唯物論底批評的第一段，不但不除去第二段的必要而已，倒是引起作爲那必要的補充的第二段來。

再說一回，唯物論底批評的方法的惡用，是僅憑了不會有不能惡用的方法這一個簡單的理由，就不能成爲反對這方法的口實的。

在我的書籍『關於對歷史的一元論底見解發達的問題』裏，我反駁着密哈羅夫斯基(Michalovski)，下面似的寫着，——

『徹底底地堅持着一個原則，而說明歷史底歷程——這是困難的工作。然而你說這是怎麽一回事麽？凡科學，只要這不是「主觀底」科學，就大抵並非容易的工作，——惟在那裏面，則以驚人的容易，說明一切的問題。我們的問題，既然到了那裏了，我們就告訴密哈羅夫斯基先生罷，——在關於觀念形態之發達的問題上，倘不統御着或種特別的才能，卽藝術底感覺，則雖是「絃」（註一）的最超等的通人，也往往成爲無力。心理，是和經濟相適應的。然而這適應，是複雜的歷程，要通曉那全行程，描出他如何施行，給自己和別人，都易於明白，就往往必須藝術家的才能。例如巴爾札克(Balzac)，於說明和他同時代的社會的種種階級的心理，作了大大的貢獻了。我們從伊孛生(Ibsen)，也可以學得許多。但惟獨從他而已麼？我們和歲月一同，在一方面——理解「絃」的運動的「鐵則」，同時在別方面——期待着能夠理解，并且表示出在那「絃」上，就因了那運動，而「活的衣裳」怎樣地成長起來的藝術家的出現罷。』（註二）

（註一）在對於我們的論爭底論文之一裏，密哈羅夫斯基將社會的經濟底構成，名之爲『經濟該』。

（註二）第二版，彼得堡，一九〇五年，一九二至一九三頁。

我現在也還這樣想：倘要懂得我當時所名爲觀念形態的活衣裳者，則往往以藝術家的才能——或者至少是感覺——爲必要。加以這樣的感覺，當我們着手於藝術作品的社會學底等價的決定之際，也是有益的。這樣的決定，也是極其困難，極其複雜的工作。我們——例如關於這事，我在上面引用了的I先生的漫談，在登在"Russkie Vedmosti"雜誌上的那論文集『文學底頽廢』中也就是——往往遇見顯示着願做這事的一切人們，却不適於這困難的工作的批評底判斷。在這裏，也是被召者雖多，而入選者却少的。我現在所言，並非爲了唯物論底方法的辯明，——我已經說過，所與的方法的惡用的可能，還未曾給人以審判這方法本身的權利，——是爲了對於那擁護者，警告其謬誤而說的。在戰術的問題上，在我國，已由了自以爲總有些馬克斯的繼承者的權利的人們，做了許多謬誤了。這樣的謬誤，倘施之於文藝批評的領域內，是非常可惜的。但要去掉這個，却除了馬克斯主義的根本問題的新的研究之外，沒有另外的方法。這研究，現在在我國這兩三年的事件的影響之下，當正在開始着手於理論底『價值』的『再評價』之際，尤爲有益。瞿提(Geothe)就已經說過，一切反動底時代，是傾於主觀主義的。我們現在正在經過着漸傾於這主觀主義的時代之一，而且我們恐怕還至於要看見主義的眞實的筵宴的罷。在現在，我們就已經看見這領域內的多少事情了，——調爾珂夫(Tyurkov)先生的神秘底無政府主義，盧那卡爾斯基(Lunacharski)先生的『創神主義』，阿爾志跋綏夫(Artsybaschev)先生的色情狂主義，——這些一切，就都是同一毛病的各樣的，然而分明的症候。將已經傳染了這病的人們，是毫不想去醫治了，但我要從還是健康的人們起，給以警戒。主觀主義的黴菌，在馬克斯學說的健康的雰圍氣裏，極迅速地滅亡。所以馬克斯主義，是防這毛病的最好的豫防手段，然而要馬克斯主義能用作這樣的手段，則必須不單是濫用馬克斯主義底術語，而眞實地理解他。盧那卡爾斯基先生，現在爲止，倘若我沒有錯誤，則是自以爲馬克斯主義者的。然而他完全沒有獲得馬克斯主義的學說，就單是始終反復了馬克斯主義底術語，正因爲這緣故，他就走到了那最滑稽的『創神主義』了。

他的例子，在別人是教訓……

盧那卡爾斯基先生是在一直先前，就有了現在的病的萌芽的。那最初的症候，是他對於亞筏那留斯的哲學的心醉，以及要藉這哲學，來給馬克斯主義『立定基礎』的希望。在懂得事理的人們，當那時候，就已經明白這馬克斯的『立定基礎』，正不過證明着盧那卡爾斯基先生自己的無基礎。所以盧那卡爾斯基先生的病的新症候，對於這樣的人們，是不能使誰喫驚，使誰喪氣的。懂得事理的人，在無論怎樣的主觀主義之前，都不會喪氣。但在我國，懂得事理的人們，能很多麽？唉唉，他們是很少！而且正因爲他們少，所以我們，用了培林斯基的話來說，就不得不和那些與蛙兒們交戰，雖當最好之際，也只値愉快的嘲笑那一流的非文學底的人們來爭吵了。而且正因爲在我國，懂得事理的人們少，所以像戈理基先生的『懺悔』那樣的可悲的文學底現象，這纔成爲可能，——那當然，大約要使這極大才能的人的一切眞實的崇拜者，抱着不安，而這樣地發問的，——『他的歌，莫非實在唱完了麽？』

我對於這質問，還不能敢於給以肯定底的回答——也很不願意給。我只在這裏說幾句話，就是在那『懺悔』裏，戈理基先生是站在較他爲早的果戈理，陀斯妥夫斯基，託爾斯泰似的巨人所滑了下去的斜面之上了。他能夠墜落而站住麽？他能夠敢於棄掉這危險的斜面麽？我不知道。但我知道得很明白——要棄掉這斜面，惟在由他的馬克斯主義的根本底獲得的條件之下，這纔可能。

我的這些話，大約要將動機，給與關於我的『一面性』的許多有些奇智的諸謔的罷。我對於新出的諸謔，貽之以拍掌。但我將繼續站在自己的立場上的罷。惟有馬克斯主義，可以醫治戈理基先生。而這我的固執，將要因了記起那『用挫折了的東西去醫治去』這一句格言，而更加容易得到理解。戈理基先生，不是已經自以爲馬克斯主義者了麽？他在那長篇『母親』之中，不是已經作爲馬克斯底見解的宣傳者而出發了麽？然而這小說本身，却證明了——戈理基先生於作爲這樣的思想的宣傳者的脚色，全不相宜，爲什麽呢，因爲他全沒有理解馬克斯的見解。「懺悔」，則成了這全無理解的新的，而且恐怕是更加明白的證據了。於是我要說——假使戈理基要宣傳馬克斯主義，就豫先去取理解這主義之勞罷。理解馬克斯主義的事，大抵是有益，并且也愉快的。而且對於戈理基先生，將給以一種買不到的利益，就是，明白了在藝術家，即以用形象的言語來說話爲主的人，那宜傳家，即以用論理底言語來說話爲主的人的職務，是怎樣地只有一點點相宜而巳的。戈理基先生確信了這個的時候，他大約便將得救了……

一九三〇年七月初版

1——2000册

科學的藝術論叢書1

藝術論

實價七角五分

原著者　蒲力汗諾夫

翻譯者　魯迅

發行者　光華書局

發行所　上海四馬路光華書局

科學的藝術論叢書

(1) 藝術論	蒲力汗諾夫著	魯迅譯	七角	光華
(2) 藝術與社會生活	蒲力汗諾夫著	雪峯譯	五角五分	水沫
(3) 新藝術論	波格達諾夫著	蘇汶譯	三角	水沫
(4) 藝術之社會的基礎	盧那卡爾斯基著	雪峯譯	七角	水沫
(5) 藝術與文學	蒲力汗諾夫著	雪峯譯	(即出)	光華
(6) 文藝與批評	盧那卡爾斯基著	魯迅譯	九角	水沫
(7) 文藝論集	馬克思等著	成文英譯	(即出)	光華
(8) 文學評論	梅林格著	雪峯譯	五角五分	水沫
(9) 蒲力汗諾夫論	雅各武萊夫著	蘊章·侍桁合譯	(即出)	光華
(10) 文藝批評論	列什涅夫著	沈端先譯	(即出)	光華
(11) 藝術與革命	烏略諾夫等著	馮乃超譯	(即出)	光華
(12) 社會的作家論	伏洛夫斯基著	畫室譯	四角	光華
(13) 文學論	蒲力汗諾夫著	雪峯·鏡我合譯	(即出)	光華
(14) 文藝政策	藏原·外村輯	魯迅譯	八角	水沫